U0123105

陳黎・張芬齡 譯

當代美國詩雙璧

羅伯特・哈斯／布蘭達・希爾曼詩選

目錄

選自《人類的願望》（1989）

選自《樹下的太陽》（1996）

選自《時間與物質》（2007）

選自《新詩作》

選自《砂糖》（1997）

選自《實在的水》（2010）

選自《著火字母的四時之作》（2013）

選自《新詩作》

《當代美國詩雙璧》導讀

陳黎．張芬齡

○．前言

這本書的形成出於一串美麗的因緣。二〇一四年八月中旬，陳黎受邀參加上海書展「國際文學週」，有幸與書展貴賓美國詩人羅伯特．哈斯及其夫人女詩人布蘭達．希爾曼在活動期間一起分享詩創作與翻譯的經驗。赴上海書展前，陳黎在家中閱讀布蘭達．希爾曼的詩，非常喜歡，發現她重視字本身，創新形式、探索新可能的寫作傾向與自己有些類似，忍不住中譯了她幾首詩，並在上海書展「詩歌與翻譯」論壇中引之為例。哈斯伉儷是非常富親和力且大度的前輩，與陳黎一見如故。知道陳黎在秋天將參加美國愛荷華大學「國際寫作計畫」，約好屆時邀陳黎到哈斯任教、我女陳立立正攻讀作曲博士的加州大學柏克萊分校談詩、唸詩。下旬，陳黎赴美三個月，十月初，應約前往柏克萊，在哈斯主持下進行了一小時多演講與唸詩活動。為此柏克萊之約，陳黎在愛荷華期間即埋首中譯了一些哈斯伉儷的詩，並在柏克萊選了數首朗讀。與哈斯同在柏克萊任教的波蘭詩人米沃什（Czesław Miłosz）一九八〇年獲諾貝爾文學獎時，陳黎是最早將其詩譯成中文在報上發表者，而我們知道哈斯是米沃什詩的主要英譯者，哈斯英譯的《經典俳句：芭蕉、蕪村、一茶詩譯集》（*The Essential Haiku: Versions of Basho, Buson, & Issa*）也是喜歡日本古典詩的陳黎多年來的案頭書。多重因緣，讓陳黎與哈斯伉儷約定出版一本哈斯伉儷兩人的中譯詩選，由陳黎和張芬齡合力為之，並且希望有一天哈斯伉儷能到台灣，在熱情的寶島讀者面前談詩、唸詩。

從愛荷華回到台灣後，陳黎和張芬齡持續中譯了哈斯伉儷更多詩作，並決定以「當代美國詩雙璧」之名結集。上海書展國際文學週有一場「詩歌之夜」，與會作家們輪番登台唸詩——自己的一首詩外，另選一首別人的。陳黎選的是與張芬齡中譯的波蘭女詩人辛波絲卡（Wisława Szymborska）的〈在一顆小星星底下〉，哈斯選的是惠特曼（Walt Whitman）的詩，布蘭達・希爾曼選的是狄瑾蓀（Emily Dickinson）。惠特曼和狄瑾蓀是美國詩歌的雙璧，哈斯自己也是像惠特曼般歌詠土地、自然與自我的「國民詩人」，而編有狄瑾蓀詩精選集，以處女詩集《白衣》（*White Dress*）向狄瑾蓀致敬的布蘭達・希爾曼，寫詩時標點、句法、形式的獨特一如狄瑾蓀。我們可以說，哈斯與希爾曼伉儷也是美國詩雙璧——當代美國詩雙璧。

一・閱讀羅伯特・哈斯

羅伯特・哈斯（Robert Hass, 1941-）是當代最知名的美國詩人之一。他的詩作富含音樂性、描述性和沉思的知性，帶給讀者會心、深刻的喜悅。哈斯曾說：「詩是一種生活方式……一種人類的活動，就像烤麵包或打籃球一樣。」除了寫詩，他也是評論家和翻譯家，他和諾貝爾獎得主波蘭詩人米沃什合譯了十二卷米沃什詩集，也翻譯了日本俳句大師松尾芭蕉、與謝蕪村、小林一茶的詩作。從哈斯詩作中觸及的關於詩藝以及政治的題材，我們看到米沃什對他的影響；從其文字所呈現的清澄、簡潔的風格，和取材自日常生活的意象，我們看到日本俳句的影子。哈斯對中國古典詩並不陌生。他書架上放著的年少以來陸續閱讀的相關書籍包括羅伯特・佩恩（Robert Payne）英譯的中國古典詩選《小白馬》（*The White Pony: An Anthology of Chinese Poetry*），詩人龐德（Ezra Pound）的《神州集》

（*Cathay*），王紅公（Kenneth Rexroth）英譯的《中國詩歌一百首》（*One Hundred Poems from the Chinese*），收錄、評介亞瑟·韋利（Arthur Waley）中國古典詩英譯的《山中狂歌》（*Madly Singing in the Mountains: An Appreciation and Anthology of Arthur Waley*），詩人史耐德（Gary Snyder）英譯的唐代詩僧寒山的《寒山集》（*Cold Mountain Poems*）。他享受中國古典詩中呈現的愉悅、明澈心境，對李白的飄逸，杜甫的憂時，寒山的灑脫印象深刻。

哈斯的第一本詩集《田野指南》（*Field Guide*, 1973）為他贏得耶魯年輕詩人獎，初試啼聲，即讓人驚艷。此詩集中的諸多意象源自哈斯自幼生長的加州鄉間，以及他對斯拉夫民族的研究背景。詩人佛瑞斯特·甘德（Forrest Gander）說：「《田野指南》蘊含豐富的俄國口音，大茴香蕨類的氣味，拔除了瓶塞的酒味，以及動植物生態的指涉：舊金山灣區的綠色蛾螺和岩蟹，風琴鳥和安皇后蕾絲花，海浪和木蘭科胡椒樹。」詩人麥可·瓦特斯（Michael Waters）稱哈斯是難得一見的好詩人，讚許《田野指南》試圖替萬物命名，透過自身成長之環境建立歸屬和認同感，將自然世界翻譯成個人歷史，這是複雜且艱鉅的工程，但哈斯用清晰明澈的文字和悲憫的心境達成了目標。名詩人史坦利·庫尼茲（Stanley

Kunitz）認為閱讀哈斯的詩就像踏入海洋之中，你渾然不覺水的溫度和空氣的溫度有何差異，當你感知拍岸的海浪回流入海時，你已然被帶入另一個元素。

在〈秋天〉一詩，我們看到哈斯這群採蘑菇的「業餘生手」為了在平凡枯索的生活注入活絡因子，拿生命與死神進行一場場豪賭：「心想有一半的機率／會因一個錯誤而致死」，「在那些日子，死亡不止一次／晃動我們，而當它漂回原位時／我們覺得又活了過來」。他們勇於嘗試，在冒險的快感中採集生之新意；他們「向事物之名漂流」，試圖到陌生的領域開發或探索生之興味。香氣濃郁的真菌名為「愛與死」，貼切但弔詭地傳遞出詩人不惜以生命作賭注來換取生機的生之慾。

在哈斯詩作中，生命活力蘊藏於生活的各個角落——在鍋裡嘶嘶作響的培根，冒著熱氣的咖啡，韓德爾的《水上音樂》，在樓上熟睡的妻子（〈房子〉）；蘊藏於與生之苦難的拉鋸、抗衡之中——在窮困的歲月裡，即便物質匱乏到與妻子「為了買不買圖釘而爭辯」，仍堅持精神生活的價值，為了看部好電影，兩人寧可挨餓（〈黏著劑：給珥琳〉）；蘊藏於對生存意義的艱澀思辯之中——在一成不變卻又無常的生活型態與「萬物皆動」的理論中，帶著模糊的來生概念，接納人類今生終將歇止的事實（〈關於來世，加州中部印第安人只有最模糊的概念〉）；更存在於安頓身心的寫作過程中——「那生我造我者，／與其說從陽光／／或李樹，不如說／是從構成這些詩行的／脈動裡。」（〈方寸〉）。

哈斯在他的第二本詩集《讚美》（*Praise*, 1979）再度展現創作長才，獲得威廉・卡洛斯・威廉斯（William Carlos William）獎。此書進一步處理隱含於第一本詩集中的主題：為世界命名之舉可否讓我們自世界抽離？如何忍受憂傷，接納死亡？如何讓心靈承受磨難？詩人、詩評家毅拉・薩多夫（Ira Sadoff）認為哈斯在第一本詩集雖然展現出敏銳的觀察力和細膩的寫作技巧，卻總覺得其中滲出一股知性的冷冽，詩人與其題材似乎未能融合成一體；在《讚美》一書，這樣的問題不復存在。他說《讚美》或許是一九七〇年代最震撼人心的詩集，此書奠定了哈斯在美國詩壇的地位。

在〈拉古尼塔斯沉思〉一詩，哈斯以「一個詞於是成了其所指之物的輓歌」的思維邏輯，道出逝去之物的無可取代性，永恆不存在的失落感，美好回憶與渴望之彌足珍貴。在〈替花命名的小孩〉一詩，哈斯熬過了童年的恐懼，得以倖存者的目光回望過去，自大自然汲取安定的力量：「在成年歲月裡的／這個晴朗早晨，我定睛／注視喬琪亞・歐姬芙畫作裡／一顆純淨的桃子。／它如是圓熟地靜置於／光中。紅眼雀在我敞開的門外／樹葉間刮擦作響。」在〈致一讀者〉中，他為如何解憂卸苦給出建議：「想像一月與海灘，／泛白的天空，海鷗。而／面向大海：不存在的東西／居然在，不是嗎……」的確，「危險無所不在」（〈九月初〉），憂傷、疑懼如影隨形，然而美好事物也無所不在，垂手可得，如何用心觀看，讓兩者抗衡、相剋相生，是生命的課題。

哈斯在他的第三本詩集《人類的願望》（*Human Wishes*, 1989）裡，試著寫作較長的詩行和散文詩，對先前作品中的詩意化的意象進行省思。詩評家大衛・巴伯（David Barber）認為哈斯在此書建構一種較具親密感的書信體詩風，讓作品承載更多元、多樣的內容與風格：凝重的形而上思維，動人的故事敘說，俳句式的影像速寫，燧石般的警句，顫動的抒情風情。以〈插枝〉一詩為例，此作由十首短詩組成，採隨性的札記形式寫所見所思所感（但刻意以第二與第三人稱騰出距離），以淡定的語調和點描的筆觸，呈現愛情、親情、自然景象的斷片，十首小詩是十幅風格各異的生活插枝作品。此書觸及幾個哈斯關注的基本主題：他是慾望的學習者，他試圖理解人類的想望以及達成想望的可能途徑。

〈身體的故事〉以散文詩的形式述說一則令人感傷的故事。年輕的作曲家迷戀年近六十的日本女畫家舉手投足的神韻，但是在得知她已切除代表女性性徵的乳房之後，他退卻了，精神層次的愛戀終究不敵肉體層面的慾望，殘缺的身體為愛畫上休止符。詩末的蜜蜂屍體顯然是畫家的心境寫照，也是哈斯對人性欲求之無能昇華的哀嘆。

對情愛的渴求和失落，男女關係的親密與疏離，是哈斯詩作中不時出現的主題或子題。在〈奧利馬的蘋果樹〉一詩，一對度假的男女散步於舊金山灣區小鎮的樹林，對不知名的花沒有共識，對蘋果花的感受也截然不同，同散步共賞鳥的兩人契合度顯然有待提升，連哈斯都忍不住跳脫書寫者的身分加上眉批：「如果是午後，我沮喪的弦月／如一道傷疤在他們東方的天空隱去。／他或許會在夢裡瘋狂地敲打那扇／緊閉的門。」兩人刻意維持的親密關係，和詩末出現的那個記住旅館門牌號碼後「隨心所欲地在陌生人群中遊蕩」的小男孩形成強烈的對比。契合密碼闕如的兩性關係注定如「黃昏的潮起或潮落」，時而悲傷，時而快樂。一如在〈苦難與輝煌〉一詩中「盡全力」緊擁對方的男女「試著融合為一體，／然而事與願違」：「他們彼此／溫存，唯恐／他們短暫、尖銳的呼喊僅能讓他倆和好到／再度疏離的時刻。」這樣的戀人或夫妻彷彿被沖上世界岸邊或蜷縮於花園門口的動物，只能在「一座他們無法承認自己永遠不得進入的花園」外不斷徘徊。

哈斯的第四本詩集《樹下的太陽》（*Sun Under Wood*, 1996）獲得國家書評獎。此書收錄了多首自傳性質濃厚的詩作，哈斯自曝不堪的童年，對酗酒母親的怨恨，以及烙印於內心深處的情感創傷。詩人大衛・貝克（David Baker）認為此書為哈斯的巔峰之作，頗有金斯堡（Allen Ginsberg）之風，在情感和形式上開放又內斂，充滿熱忱卻隱含嘲諷。哈斯將荒謬的喜劇性提升至高尚的層次，讓日常事件轉化成形上和倫理的思維，賦予個人經歷普遍性的社會意義，讓衝突的元素在詩作裡奇妙地結合：富含文學性，卻又雜亂無章；散漫迂迴，卻又浪漫抒情。

以〈蜻蜓交尾〉為例，全詩分六個段落，蜻蜓交配的場景在最後一段（經過八十行的鋪陳）才出現。前一段以悠閒的語調寫早期居民在高山草地的活動；第二段幽默地敘述印第安人對創世紀的說法；第三段以嚴肅的口吻寫殖民之初的加州，傳教士帶來可貴的愛心和文明，也帶來可怖的疾病。隨後哈斯話鋒一轉，憶起年少時對酗酒成癮的母親的怨懟和憎惡：「我會看到她在入口處找我，我會拍／兩三下球，細看那橘色邊緣，彷彿那是，／也的確是，世界真正的水平線，我手中的力量／／唯一有把握召喚的事物。我會再拍一下／球，在指尖感受皮革的紋理，然後射籃。／那是完美的事情；簡直像在殺她。」母親的形象和殖民之初的傳教士平行並置，是生之源頭，也是惡之化身。由此往前推想，被母親生下的悲哀，在輕鬆詼諧的印第安人創世之說的對照之下，產生強烈的反諷。哈斯接著在第四段以近乎論說的方式為母親的角色下定義，凸顯其母親的失能。第五段以「死寂的河岸」暗喻心境，以恐懼為師自我期許。第六段以蜻蜓交配的自然場景點出人與蜻蜓之差異：「它們交配，且滿足於交配。／它們不會一直帶著源自童年的這未遂欲求／然後四處尋尋覓覓。／所以，依我之見，它們不會像我們那樣彼此傷害。／它們不會因渴望而終其一生昏昏醉醉，／不會用它殺人，不會讓它玷汙一切……」。自然界中的昆蟲不曾也不必經歷人類複雜的情感糾葛與心靈負擔（憂喜悲歡，尋覓的焦躁，失落的憂懼……），可以單純地安於也滿足於某些存在的狀態，是值得人類效法的。哈斯稱蜻蜓為「昆蟲導師」，期盼以大自然為師，找到安頓身心的方式。

一九九五年到一九九七年間，哈斯獲選為美國桂冠詩人，將私人的創作領域擴展到公開的場域，扮演著詩人及其作品的推動和倡導者的角色。在其擔任桂冠詩人期間，他在許多公開場合積極地傳遞他終生的關注：對大自然的密切關注，與周遭景色建立自覺性的連結，敏銳地覺察身為人的喜悅和痛苦。桂冠詩人的頭銜提升了哈斯對其詩人身分和作品的政治敏感度。哈斯先前就察覺政治與商業風氣似乎對詩歌和其他藝術不很友善，他致力推廣文學，「我認為到詩人不會去的地方，是件有趣的事。」他拜訪企業界人士，說服他們贊助學生的詩歌創作競賽；他對公民團體演說，試圖拓展他們的視野。這些努力讓哈斯成為女作家弗蘭西絲．梅耶斯（Frances Mayes）口中「前所未見最具行動力的美國桂冠詩人，為後繼者立下了一個標竿。」

在卸下桂冠詩人的身分之後，哈斯仍持續留在公共領域，教書，翻譯，編輯和撰寫報紙專欄。誠如哈佛大學教授斯蒂芬．伯特（Stephen Burt）所言，「所有那些服務似乎都讓哈斯功力倍增。」伯特認為哈斯卸下桂冠後的第一本詩集《時間與物質》（*Time and Materials*, 2007）顯示出以下的價值：「挑戰既定詩型，繼續展現其個人才華以及其公眾生活的藝術用途。」除了描述與藝術和藝術家相關之作，人到中年對生命的省思，以及哈斯讀者所熟悉的對加州的描述，此書還收錄了多首觸及國際事務、當代政治、布希「伊拉克之戰」等重大議題的詩作。評論家納桑‧海勒（Nathan Heller）說「哈斯自開始寫作以來，始終在尋求某個可放諸四海的坦率的標準」。詩人丹‧奇亞森（Dan Chiasson）也指出《時間與物質》和哈斯之前的作品是具有連貫性的：「哈斯希望他的詩歌能儘可能地貼近世界（此乃他常說的風格的『清澄』），這是他從一開始就持續努力的方向；改變的不是風格，而是對世界的看法」。《時間與物質》被評論家一致嘉許為「詩藝超級精湛」之作，為哈斯贏得國家圖書獎和普立茲詩歌獎。

哈斯詩集《樹下的太陽》中的〈微弱的音樂〉一詩以如下的詩句作結：「我想到這世界如此多難，／必須不時發為某種歌唱。／且想到順序是有所助益的，一如秩序──／先是自我，而後磨難，而後歌唱。」十年後，我們在《時間與物質》中〈愛荷華，一月〉、〈三首夏日的黎明之歌〉、〈九月，因弗內斯〉等讓人聯想到中國古典詩與日本俳句的短詩裡，聽見哈斯自在地輕聲哼唱他以從生之磨難淬鍊出的智慧所譜的人生之歌。黃昏的色彩，夏日的晨光，田野的長影，鳥鳴，飛舞的樹葉，擺動的群樹，飄離海灣的霧靄，隨風閃耀的波光……都是生活中可遇而不可求的小確幸，「在這樣的時刻／眼角瞄見之物盡是幸福喜樂」（〈九月，因弗內斯〉）。而在哈斯心中，最美、最諧和的樂音或許當屬融入愛情餘韻的自然交響之音，他邀請讀者與他一起加入譯者的行列，解譯曼妙、奧祕的人世之美：「近八月陽光下那小溪的銀亮，／以及清朗的空氣，以及融雪殘留的／涓涓細流，滲入山草的根，／樟腦草，金色煙霧，或綠赭相間的顏色，／／它們舉行會談嗎，那夏日薄暮中／戀人們的身體，他的呼吸，她的睡臉，／也加入會談嗎——松林間徐徐的微風呢？／如果要你擔任翻譯，如果那是你的工作」（〈那音樂〉）。

哈斯善於從大自然最細微、具體的事物中找尋與人類精神相通的聯繫，一如他發現有一條「詩路」溫柔地穿過五葉洋莓的花冠。大自然的氣味、色澤與聲音是哈斯詩作中反覆出現的動機。就某種程度而言，大自然是他的母親，撫慰了他受創的幼小心靈，彌補了他童年的家庭缺憾：「當乾癟的老婦們徘徊於林中時，／我是山上的英雄／在明亮的陽光下。／／死神的獵犬畏懼我。／／野茴香的氣味，／香甜果子的高高閣樓，高聳於／開花的梅樹枝枒間」（〈替花命名的小孩〉）。成年之後的詩人有感於親密關係之不確定，美好事物之不恆在，人類「時常是悲哀的動物。／百無聊賴的狗，被雨淋濕的猴子」（〈插枝〉），也不時轉向大自然尋找慰藉的隱喻：「今天的晨光觸摸每一樣東西：／池塘邊的草，／被風叨擾的水，／岸上的白楊，以及向陽面的一株白色冷杉，／這條路上的藍色屋子／與其頂部發亮底部陰暗的／白欄杆，／這讓向陽的表面更加明燦／一如光中的白楊葉」（〈七月筆記本：鳥兒們〉）——平實無華的描述似乎具有一股神奇的魔力，帶著讀者跟隨晨光移動，心境隨之平和；「天空發明了一個名為最新碧空的網站。／外面有四種鳥鳴／和一把條理井然的清晨鋸子」——何其生動的比喻！引誘讀者豎起耳朵，張開想像的網，擺出捕捉自然之聲的架式；「這讓你領會花萼雪白的噴湧／是一種復活、升起，你看著化療後／剃光頭的康妮，以及她不想錯過／任何東西的一對明亮大眼睛，／你還記得水面突然／活潑起來了嗎：小魚們猛烈地攪動／跳躍，而胡安，指著水中／那引發它們跳躍的東西，大叫『梭子魚』，／而幼小的鵜鶘們俯衝而來，／不太熟練地練習它們捕捉／受驚的銀色小河魚的新技巧？還有／那黑頭的燕鷗，一整群，／也加進來，盤繞飛旋，針一般／刺入劇烈攪動的水？全都一次爆開：／綠潟湖，梭子魚，銀魚，褐鵜鶘，／猛刺著的燕鷗，胡安的笑，驚懼，活潑，／還有康妮藍色的大眼睛以及水面再次／平靜後升起的河流的味道。當然，／有三個蘋果，一個給美，／一個給恐懼，一個給回歸平靜後／康妮的眼睛，紅樹燕在空中，／羞怯的白面彩鷸在風信子花間覓食。」充滿繽紛色彩、多元活力、無限驚喜的自然行動劇正超級熱鬧地上演著，苦難、恐懼、煩憂只能暫時隱退。

隨著生命智慧厚度的增加，哈斯觀照世界的方式更形舒坦，陰沉早晨的路邊水窪也因此帶有神聖的光澤：「如此空靈，似乎想穩住這個世界／像虔誠的年輕僧侶的心境」（〈往百潭寺的巴士〉）。此刻，長篇大論自我思辯的風格不見了，取而代之的是簡潔清新的文字，化暗灰為明亮的存在，讓剎那的美好凝結，誠如詩人奇亞森所言，改變的不是文字風格，而是觀照生命的態度。

哈斯的詩風沉穩、清澄，意念的發展有脈絡可循，詩作富含描述性與敘事性，與讀者溝通的誠意十足。相對而言，《時間與物質》中〈雙海豚〉一詩可說是頗具實驗精神的另類之作。整首詩以海邊的「一座有棕櫚，棕櫚，棕櫚的天堂」為背景（充滿熱帶風情的度假地讓人聯想起史蒂文斯〔Wallace Stevens〕的佛羅里達或古巴），看似寫一對度假男女的悠閒對話和作息：「『謝謝。』『不客氣。』」（用西班牙語和人打招呼）；「早餐過後他們各自活動。」；「『今天早上木瓜很可口。』／『的確，但番石榴不夠熟。』」；「之後做愛，／隨著海浪聲，／海浪聲」；「『午餐後我會來看你。』／（輕輕地親了他一下）」。然而悠閒表象籠罩在一股不安的氛圍中：山坡的走向是「向海滾下」；捕蠅鶲「高度戒備著」；「短暫的平靜」；耶穌釘死其上的「十字架像」；扇葉棕櫚「向海上傾跌」；翠鳥不停騷擾同類；「嘹亮的堅果殼空無地嘎嘎作響」；「——彷彿那些高飛於橙色空中／棕櫚叢裡的覆盆子紅唐納雀是野蠻的。」題為「雙海豚」，但詩中從頭到尾不見海豚蹤跡（除了勉強與之沾上邊的「燦爛的翻騰，蔚藍的翻騰」），哈斯企圖以充滿官能性（視覺、聽覺）的意象，跳脫其慣用的述說方式，和跳躍式的語法，刻意模糊意義，然而他還是在靠近全詩的中央——「伊甸園，地獄的邊緣」——洩露了此詩的意涵：危機四伏、暗潮洶湧的情愛關係，恰如潛藏於海底的雙海豚，充滿變數，深不可測，天堂與地獄只一線之隔。

九〇年代中期，哈斯與志同道合之士共同創辦「文字之河」（River of Words）的組織，提供資源，透過跨學科、互動的課程設計，教導青年學生「生態文學」。除了擔任美國桂冠詩人，哈斯也曾於二〇〇一到二〇〇七年間擔任美國詩人學會的理事。他的謙虛和魅力，在美國文學界是眾所周知的。他的興趣廣泛，不僅寫詩，也寫文學評論，除了教學、參加環保活動之外，他還在女導演梅利莎·佩因特（Melissa Painter）首部電影《野花》（*Wildflowers*, 1999）中軋上一角，飾演一位罹患不知名慢性疾病，行將死去的詩人，電影中哈斯和女演員黛瑞·漢娜（Daryl Hannah）唸了多段哈斯詩作。二〇一四年，美國詩人學會頒發給他「史蒂文斯獎」。美國詩人學會的理事安妮·華德曼（Anne Waldman）如是評價哈斯：「哈斯是當今最具人道精神的詩人之一，他的詩人學如溪流注入我們集體意識的心靈和思維，提醒我們在這世界上，在這格外黑暗和挑戰性十足的年代裡，什麼才是值得重視與追求的。他以冷靜、安定的沉思目光凝視日常生活的尊嚴與美麗，大自然的奧祕和行將殞落的動能，為滿佈衝突和憂患的現實提供更高層次的美善視野。我們欽佩他在桂冠詩人任內慷慨無私的奉獻，以及他在其詩的創作與詩的倫理功能所展現的力量，機智和抒情之美。」哈斯曾表示，過去五十年間有五位最重要的詩人——聶魯達（Pablo Neruda）、瓦烈赫（César Vallejo）、赫伯特（Zbigniew Herbert）、辛波絲卡和米沃什。這五位詩人有三位得了諾貝爾文學獎。而許多人認為哈斯是五位詩人後最重要的詩人之一。

哈斯目前任教於加州大學柏克萊分校英語系，與他的詩人妻子布蘭達·希爾曼定居加州。

二・閱讀布蘭達・希爾曼

相較於夫婿哈斯「穩紮穩打」的寫作風格，布蘭達・希爾曼（Brenda Hillman, 1951-）的詩風顯得大膽、靈動、不按牌理出牌。在當代美國詩壇，希爾曼可謂寫作題材最兼容並蓄、形式力求創新的詩人之一。她的詩作元素多元：既有的文本和文件，個人的冥想、觀察，文學理論……皆在其中。評論者常以「訴諸感官」和「散發冷光」二詞形容她的詩作。雖然寫作主題每聚焦於生態環境、地質情況、政治、家庭和心靈探索，但希爾曼不斷在形式和聲音上進行實驗。在與莎拉・羅森薩（Sarah Rosenthal）的一次訪談中，希爾曼如是描述自己對形式的理解：「製造形式是藝術家的工作，不僅要製造，還要容許。容許形式。所有的藝術家都與形式維持一種不同的關係，也對形式保持不同的理念。……我認為當你想要開疆闢土時——我心中有股拓寬抒情領域的渴望——就必須心存貪念，貪心地想做到能力所不及之事，而且始終能預見失敗之必然。」但她同時表示：「我希望無論詩歌必須經過怎麼樣的實驗、開放、狂野和探索的過程——我指稱詩歌，因為我覺得當我寫作時，我是受其操縱的——都要維持人類經驗的樣貌。」的確，優秀的詩人除了擅於駕馭文字、以文字為生（live by the word）外，也必然是居住於人世（live in the world）的。詩人瑪喬莉．薇莉希（Marjorie Welish）曾盛讚希爾曼對形式與題材所做的大膽處理：「希爾曼為其所寫的每一首詩創造各自的實驗性架構，讓詞句在設定的架構中偏離常軌，破壞性地創造意義。她藉好幾個不同語體的題材，讓經驗的採樣更形繁複，以實驗的形式將抒情時而拋入象徵的失序，時而呈現自然主義的細膩觀察。更值得一提的是，在她筆下，抒情詩彷彿也具有了政治使命。」

即便在第一本詩集《白衣》（1985），我們已可見希爾曼別具一格的詩想與寫作技巧。以〈三首梨形小品〉為例，雖是二十歲之作，但文字精鍊，切入點特殊，以梨暗喻現實人生的不同面向：婚姻生活，心靈狀態和價值取向，語調平淡卻蘊含批判、嘲諷，此時的希爾曼已然能透過既定形式傳遞開放的意義，展現將生活經驗翻轉出新樣貌的潛力。在《死亡小手冊》（*Death Tractates*, 1992）和《明亮的存在》（*Bright Existence*, 1993），希爾曼以灰暗、沉吟的語調述及密友的亡逝，讓生命的光影不時在詩中交錯，進行對話、辯證，試圖說服自己接納人類無法永恆此一事實：「如果沒有這影子與這世上拒絕／它的任何事物間的／某種合作，將一事無成。／所以你邀它進來──／／給你慰藉也給你驚嚇的黑暗的存在──／無法駐留的明亮的存在──」（〈黑暗的存在〉）；「在春天，巨松們等得有點急了。／野花啟動／它們的大環，在地底下／／而蘭花，年年回到／林地上／相同的斜光，／奮力向自身的邊緣推進。……」（〈明亮的存在〉）。大自然之美無疑是提供慰藉的來源之一。在〈花現〉一詩，她以靈動的文字、細膩的筆觸描述自然美景的變化以及乍見花開的歡喜：「每到這時節，這隻／不自在的黑眼總是四下俯看風景，／被亢奮地扯下的一隻眼睛，四十年代的／弧形眉毛彷彿樂曲裡的延長記號，／／看著粉紅色的諸般現代變奏／一路直到歐基里德大道……」對自然的真心喜愛，是希爾曼日後寫出諸多關懷生態環境之詩作的原動力──因為歡喜，所以心動，所以擔心失落，所以大聲疾呼，所以抗爭。

詩集《砂糖》（*Loose Sugar*, 1997）的出版讓希爾曼在美國當代詩壇聲名大噪。這本詩集頗具實驗精神，風格多樣，除了日常生活經驗，舉凡書本引文，括弧內的附加說明或空白、財務報表……皆能入詩，有論者認為《砂糖》是偽裝成詩集的煉金術祕笈，或者是偽裝成煉金術祕笈的詩集，是「出神」（trance）和

「機遇」（chance）支配下的產物，譬如〈河流之歌〉裡如自動寫作般躍然紙上的繽紛想像。希爾曼將此書的主要素材——愛，性，青春，時／空，絕望，後殖民論，糖——動人且神祕地變形成自己的哲學之石，讓語言與生活合體，讓當下與過往、肉體與靈魂、思想與情感產生某種對應關係。書的五輯都有各自的雙重標題，譬如「空間／時間」，「時間／煉金術」，「難題／時間」，或「時間／工作」，兩者既非對立，也非合謀，而是對話，觸及生活的甜蜜交談。希爾曼小時候住在巴西，父親在糖廠工作，常有貧民區的男童上門以葡萄牙語（「母親的語言」）向他們討糖。因此對詩人而言，糖是珍貴、溫暖卻又會快速用盡、容易流失的物質，是絕佳的隱喻：「後來——在我隨後的人生——時間就像溫暖的糖，／某種與請求相關的近乎虛構之物。」（〈砂糖〉）。希爾曼的時間砂糖主要是用童年巴西的甘蔗提煉、磨製而成，藉由記憶中的風景，希爾曼思索也探索語言（母親的語言，陰性語言）的可塑性。一如散裝的砂糖，此書的關注是多焦點的，帶給讀者的喜悅也是多重的。

詩集《卡斯卡迪亞》（*Cascadia*, 2001）和《史詩裡的風之作品》（*Pieces of Air in the Epic*, 2003）運用複雜的結構達成佛瑞斯特・甘德所謂的「詩的建築學」。希爾曼曾說她在寫作《卡斯卡迪亞》時，其中有個意念是源自大學時代讀到的超現實主義先驅布列東（André Breton, 1896-1966）的作品，擺脫理性的枷鎖，追求完全的解放，而表現出一種隨機、偶發式的創作方式與實驗。她隨心所欲地選擇文字，然後強迫自己用那些字去鎖定紙頁上的其餘內容，譬如在〈一種地質學〉（A Geology）一詩，她用「定角字」（corner words）——在一頁的四個角落各置一個字——主導一首詩的內容，讓它不至於飄浮。《卡斯卡迪亞》關懷大眾文化、加州風光，和群體認同的倫理，是希爾曼生命元素（土，風，水，火）四部曲的首部曲，接續的則是《史詩裡的風之作品》，《實在的水》（*Practical Water*, 2010），和《著火字母的四時之作》（*Seasonal Works with Letters on Fire*, 2013）。

從《實在的水》各輯的標題——「關於國際的水」，「關於共治區的權威」，「關於你工作的月份以及你無法工作的月份」，和「關於當地的溪流和溝渠」，我們可探知其作品的關注面向：國際主義、社會關懷、良知責任和生態詩學。希爾曼自其身處的社會取材，以作品向它致意，為它發聲。她憂慮生態環境惡化：「沿沖積平原高壓線鐵塔，鄰近／濕地，地下電纜管道與下水道，在／紫水晶色的早晨，清朗經過被流放的／海鷗，面紗般的油，烏黑的舞者／與水流，有時讓人覺得真是夠了。」但並不絕望：「未知的未來自己包裹好自己，等候如／一隻幼蟲，栩栩如生且清醒——」（〈沙加緬度三角洲〉）；「未來以現在式之姿展現／現在懷抱著一個無止盡的未來」（〈出神〉），因為「一個漂亮的無政府主義者對我說／並非偉大的愛恰好出現了／而是發生過的事成就了你偉大的愛」。

《著火字母的四時之作》是希爾曼的生命元素四部曲的壓軸之作。她狂放但幹練地駕馭著生活：教學，儀式般的春分，蜂群崩壞症候群的苦惱；太空垃圾，政治阻力，無人駕駛的軍用機群，管理上的難題，以及進退兩難的一切。「月桂樹下的蠑螈」和「呼嚕嚕穿過鰻草的鯡魚」逃不過她敏銳的目光。《著火字母的四時之作》一書的題材涵蓋面極廣，希爾曼「以高度活躍的想像力擰絞現實」，字母的符碼生動地展示令人驚艷的炫技，各式音響的鳥鳴順勢加入，對現狀的挑戰強力、全面地展開。此書奏出「無政府主義的音樂」，激發出對不稀釋之愛的渴望，以及唯有多樣形式（非傳統詩型，文字解構，散文詩，圖象詩……）方足以支撐的暢快義憤。這是獨一無二的作品；字母著火了。

希爾曼抗拒傳統形式，抗拒講理，抗拒邏輯敘述，為文字奪回自治權。在有些詩作裡，希爾曼雖以知性思考為導向，但她讓文字自體分裂，讓意念隨機生成，和意象銜接、融合。此時的她棄守文字駕馭者的身分，甘心成為被文字操控的詩的乩童，或者與文字共戲耍的同伴，譬如〈兩首夏日的晨歌，仿克萊爾〉和〈在工作時模仿一隻松鼠〉，她讓字母跳脫原先所屬的文字，即興發揮，重整編隊，讓自創的聲音或成為書寫的利器，文字的非調性伴奏。這樣的詩作除了抗拒傳統，也抗拒翻譯。我們只能揣摩其用心，模擬其寫作策略，讓中文字也自體分裂（保留擬聲的子音）玩解構的遊戲。翻譯於是成了艱難無比的挑戰與樂趣無窮的再創作。譬如在〈出神〉一詩的第三節，原文是：I left the world & felt a world── left（「離開」）這個字的四個字母重新排列組合之後，成為 felt（「感知」）。我們將之譯成「我訣別這世界又別覺一個世界」。「訣別」與「離開」，「別覺」與「感知」，雖不是完全貼切的同義詞，但為了較忠實地呈現原詩用字的巧思，譯者只能竭盡所能地啟動「小小的航行器」（little craft）──展現小小的技藝（little craft / craftsmanship）──讓詩飛越國界，到達中文讀者面前。

在圖象詩〈楔形的晨歌〉裡，她在詩句中插入十一個小括弧，寫出包括英文在內的三十一種（如古英文，德文，拉丁文，愛沙尼亞文，韓文，俄文，挪威文，阿拉伯文……）黑鶇（blackbird）的說法，隨著楔形詩型的開展，我們彷彿跟著這隻「黎明時發出第一聲樂音」的黑鶇飛越不同的時空，不同的文化，自高處不斷向下開展，最後歇腳於「拂曉後歌中寬廣的空間」。希爾曼以此詩——姑且稱之為「31種說黑鶇的方法」——向史蒂文斯的〈13種看黑鶇的方法〉致敬。以不同的方式看黑鶇或說黑鶇，象徵了詩人們以創新的形式翻轉文學傳統。「31」是「13」的逆轉，希爾曼頗著迷於此種數字、文字的對稱、知性之美，樂了讀者，卻苦了譯者。〈小潮〉一詩中的兩行即是顯例：「saw changing into was／tide the backward edit of a tide」。「saw」是「was」的逆行，「tide」（潮水）是「edit」（編輯）的倒流。怎麼辦？絞盡腦汁，我們只能以「『所視』變成『往事』，／潮水被水潮沖回來又成潮水」應之。

希爾曼「對人類無法知曉的那類／事物感興趣，／對動物們所思所想感興趣」，她相信自然界有其自身具足的文法，非人類能全然理解。希爾曼試圖擺脫部分自我（代之以小寫的我），潛身學習，自「大塊文章」捕捉一些斷片，以錯落起伏的詩型和極富流動性的敘述觀點（我，你，我們）呈現她體會到的凌亂自得的大自然之秩序或非秩序。在大自然的文法書裡，名詞——兔子，小蜥蜴（西部石龍子），蜂群，南瓜，狐狸——有著動詞的活力：「黃蜂們旋繞著乾枯的花梗，／你可以全然／看透那些琥珀色腳踝，耀眼地／懸盪於我們文學之主／太陽底下——……／／……有突起的／金黃的神祕紋路在南瓜上……淺藍的／葫蘆——在田野裡……／（它們白色的眼睛在裡面／一字排開）——／／……請帶給我們／氧與性的小精靈，一隻如字母X般／橫著奔跑的狐狸，穿過眼前正午——」（〈致收穫後的火之精靈〉）；標點符號就藏在萬物之中：「翅膀上自動產生分號的琉璃灰蝶」，有著「逗號逗號逗號般的爪」的小田鼠，以及尚待我們發掘的「雲深不知處」：「它會躲在／高樂氏漂白劑般的／雲朵下——就是那樣！有的標點符號／很敏感，不喜歡拋頭／露面——」；文法可隨性運用：「子句——無動詞的蚊卵／日光……」；也歡迎鑄造新詞：「奮起的薊」（push thistles）（〈正午時此世的文法〉）。在寫作這些詩的時候，詩人是「工人，夢想家」，是此世文法的學習者，是自我對話的「腦中的母音之一」（i：小寫的「我」），是「文學之主」統治下的眾多子民之一。希爾曼似乎希望走出習慣的屋子，找回丟失的事物。

如果歷史是公眾和集體性的行為，那麼希爾曼可說介入歷史甚深。她本身即是一個積極的反戰份子，一個「反抗者」，透過詩的見證角色傳達出對反抗的認同：一種明確的「手段」詩學於焉生成。在獻給米沃什的〈給麻雀的組曲〉一詩，她以「用順手拾得的器具埋葬歐洲麻雀」表達出對獨裁統治下反抗階級不公者的悲憫與敬意：「在反抗者周圍雨水濕淋的地區／那兒街道接二連三被占，／那兒意念是一級階梯或一條小徑，／我們用山胡桃樹或栗樹或白蠟樹鋸齒狀的／枝條，標誌出他們的領地，／因為我們被高貴灰白籠罩的城市／不該有未標記的墳墓」。在〈出神〉和〈沙加緬度三角洲〉二詩，她直呼「無政府主義者」之名，表明兩者關係密切，更不時在詩中宣揚反抗、抗議的精神：「親愛的，文學之火正熊熊燃燒，／我們要將之具體化——」（〈見到你之前那個小時〉）；「在加滿半個油箱的時候，我已完成三十四次呻吟。從前城邦明令公然哀號為非法行為，因為對民主無益，然而就算你驅趕一個雜種，也會覺得侷促不安啊。請感到侷促不安，求求你。……打從三次大戰前，此呻吟和其他眾呻吟會合，而你問要如何擺脫此病……或許你不你不必或許你不必去擺脫它——」（〈在加油站的呻吟行動〉）。她以自嘲的語氣，不甚樂觀的態度，阿Q地相信詩歌在社會運動中不會缺席：「詩超越極限。它在現實與現實間生出額外的有益的神經。一條條線從那人的花呢西服上衣飄出，交織成一面不屬任何國家的粉紅色國旗。祖先們如穗帶般環繞著國會山莊，包括金斯堡和布萊克。他們在全市各處升起小火。援軍就在不遠處。D和我還沒看見占領行動，但我們覺得一定會有未來。明天我們將回到我們的工作崗位。烏鴉正在寫沒人讀得懂的詩，噭，噭，噭，噭。」（〈詩的實驗在戶外進行〉）。在談論自己的詩觀時，希爾曼曾明確地表示詩人必須具有抗議不公不義、關懷環保、豐富文化內涵等使命感。她希望透過創作與這個世代獨特的集體心靈對話，並且為其發聲。

然而，她堅持用其他詩人未曾用過的方式發聲。在〈詩的實驗在戶外進行〉一詩以下列子句作結：「運用你的想像力，我媽以前常說，意思是，你不必運用，你已在其中」。此句或許可視為希爾曼的創作理念之一。許多詩人的想像是建立在與詩歌相關的經典或盛期現代主義（High Modernism）的理想上，這樣的想像正是希爾曼企圖逃脫或費心機翻轉的。希爾曼不否定現代主義，但她的創作理想是「置身想像之中」，追求寫作當下的喜悅，自我解放，讓知性與感性自由地產生連結，讓人與自然萬物或不相干的事物進行對話，不刻意製造意義，讓意義自然生成於想像之中。

在薛普德（Reginald Shepherd）所編《抒情的後現代主義：當代革新詩選》（*Lyric Postmodernisms: An Anthology of Contemporary Innovative Poetries*, 2008）一書中，有一篇希爾曼寫的〈裂縫詩學〉（Seam Poetics），是她詩觀的呈現，摘譯如下：

> 我出生那年，動力方向盤被引進克萊斯勒汽車。若干事物為我鋪陳寫詩之路：「自然」，「音樂」，以及「隱形的層面」。我的風景是亞利桑那沙漠，密西西比（父親），以及里約熱內盧，巴西（母親）。沙漠，森林，城市似乎全都由靈魂進駐，每個形體都是螺旋動力的內在因子。Estou com saudades——我母親的用語——「我充滿想望／愛意」。我家的宗教信仰，一種內化的浸信會教派，堅信即使非人類也具有「思想」的特質，上帝就住在一株仙人掌裡。<>詩歌讓我屏息。怎麼會有如此難以令人忘懷的形式？……米蕾（Edna St. Vincent Millay）、濟慈、狄瑾蓀和傳道書（Ecclesiastes）。我讀了列薇托芙（Denise

Levertov）的詩集《喔，親嘗體驗》（*O Taste & See*），透過編者寫信給她，問她一個小女孩要如何成為詩人？她回信說：「在詩裡面，不要做別人叫你做的事。」……青少年時期的我閱讀現代主義詩人的作品，尤其是艾略特和史蒂文斯。我聽過一位名詩人說：「盛期現代主義者替我們毀了詩歌。」為什麼要貶抑現代主義者呢？現代主義重新創造了意識，重新想像了城市中支離破碎的存在，包括疏離的心智和大自然，與不確定感共生的磨合過程。……我哥哥在我讀中學時給我普拉絲（Sylvia Plath）的書；我聽鮑伯・狄倫（Bob Dylan）的《金髮美女》（*Blonde on Blonde*），有史以來最棒的專輯。◇大學時代：浪漫主義詩人及其悲苦，象徵主義詩人及其情緒多變的氛圍，馬雅可夫斯基的《穿著褲子的雲》，煙霧迷濛的桉樹，洛杉磯的越戰抗議，加州的高速公路，迷幻藥。……七○年代初期的愛荷華詩人追求的詩的理想是所謂的「清澄」，但是那類理想的詩作似乎都相當複雜，艾胥貝里（John Ashbery）的《一些樹木》，哈斯的《田野指南》，和威納（John Wiener）的《神經》這三本書在我最愛之列。……搬到柏克萊那年，西貢淪陷。……我的目標是：為掙扎的女性書寫。我聽過一個名詩人說：「女性詩人沒有世界觀。」七○年代出現了許多女性主義的詩歌，那是女性試圖寫作、兼顧工作與家庭的最早的世代。我的朋友派翠西亞・丹絲芙蕾（Patricia Dienstfrey）與我談論詩的形式。如果你向下探入心靈，它是多重性的。……最近有個年輕詩人問我：「身為八〇年代的詩人，你有何風險？」把你能夠找到的最好的字放在另一個你能找到的最好的字的旁邊；加上空間。那就是我的詩學。要上班，還要照顧家庭，才是辛苦之處。……詩必須涵蓋更多的形式，些微差異，半調子情感，政治。我信仰一個女神，「全能飛翔聖母」（Mother All-Flighty），天堂與人間的綜合體。年輕詩人：避開傳統、慣例的陷阱。不要用「小自我」（little ego）而要用「大胸襟」（big mind）書寫。合作，但不附和。◇數十年以來，我與遺傳的憂鬱症對抗，工作時常處在恍惚出神和自我催眠的狀態。非理性的認知形式近乎神聖，一如數字。龐克搖滾，靈知派（Gnosticism），女性主義理論，鳥類手冊影響了我的寫作實踐。鮑伯（哈斯）是我的副駕駛。煉金術，性，做飯。鬆開詩的頁邊空白；放棄身份認同。◇有些人認為若要讓「一般」讀者群增加，詩應該更易讀可解。我不認為如此。詩歌需要涵括殘缺不全的，神祕的，與困惑難解的內容。……我喜歡芭芭拉・蓋絲特（Barbara Guest）的論點：「所有的詩都具有自傳性。」詩學的實踐與理想的——為了呈現人類處境多重和斜面的觀點：野性的風格，神奇的文體，壓縮的思想。體現非官方之深刻經驗的創新。抒情的實驗性傳統歷史悠久且具包容性（無性別歧視）：《舊約》雅歌，赫伯特，瓦烈赫，策蘭（Paul Celan）。<>我之所以寫《卡斯卡迪亞》，是為了匯集一種激進的自然書寫的傳統——史耐德，與女性主義的精神實踐；讓浪漫主義、象徵主義、現代主義和後現代主義的實驗可能同時出現在一張紙頁上之。……我們詩人目前肩負幾個任務：去抗議國家的入侵，跨國公司的貪婪，保護標題下的物種滅絕；去創造性地解決我們文化中想像的貧乏。……<>詩人的精神生活具有辯證性，充滿既讓人害怕又感到愉悅的無解、未決的抗爭。我希望我的某些文字能與這個世代獨特的集體心靈對話，也為其發聲。

這些話可助我們識其寫詩的心路與秘徑。前輩美國女詩人狄瑾蓀、列薇托芙、普拉絲……激發她追求自己的特異性，而巴西（母親家鄉）的童年經驗是滋養她一生的母奶。瓦烈赫是二十世紀拉丁美洲最具實驗精神的詩人，對多種前衛的技巧做實驗性的嘗試，譬如排版之效果，以及語彙的創建，這些也是希爾曼詩歌的特色。希爾曼和哈斯各自經歷過一次婚姻之後才相遇。希爾曼七〇年代在愛荷華大學作家工作坊攻讀碩士，一九七五年在愛荷華遇其第一任丈夫，任教於加州大學柏克萊分校英語系的小說家麥可士（Leonard Michaels, 1933-2003），兩人翌年於柏克萊結婚，一九八〇年代末離異，生有一女。哈斯第一任妻子珥琳．賴芙（Earline Leif）是精神治療醫師，兩人於一九六二年結婚，生有兩男一女。哈斯自一九八九年起在加州大學柏克萊分校英語系任教，他與希爾曼應是在八〇年代末、九〇年代初開始交往，於一九九五年結婚。一九九四年，希爾曼出版三十六頁的限印版小本詩集《秋之旅》（*Autumn sojourn*），收錄二十四首各十二行的聯篇情詩，並插入三首俳句式的短詩——這是她送給哈斯的結婚禮物。而一九九三年，希爾曼的詩集《明亮的存在》扉頁上即印著「獻給羅伯特．哈斯」（For Robert Hass）；在書中〈毛髮〉和〈幾乎陰影〉這些動人的情詩裡，我們讀到希爾曼對哈斯的深情摯愛。被許多評論者視為「女性主義者」的希爾曼，在愛情面前，和所有戀愛中女子一樣，享受愛的喜悅，也籠罩於不確定的陰影之中，擔憂愛不恆在，恐懼自己不足以與仰慕的愛人匹配：「如果永恆的愛存在，／何以有此恐懼。恐懼／另一個人，過分接近……／／發現自己被愛或戀愛著，你感到恐懼／……害怕自己幾乎太過黯淡。／／那種幾乎之感／與空無之感／相似。你曉得的，感到／空無，與他有關——」（〈幾乎陰影〉）。哈斯對她而言，似乎是一個巨大的存在。哈斯一九七三年的處女詩集《田野指南》是希爾曼七〇年代的最愛之一，相識相戀後哈斯是她寫作路上的「副駕駛」，兩人亦師亦友，志趣相投，關心環境、正義，享受與大自然的親密關係——跟哈斯一樣，她不斷在詩裡詠歎週而復始的大自然之美與活力（〈花現〉、〈明亮的存在〉等都是佳例）。但希爾曼的詩一點都沒有因與哈斯並列，「與他有關」，而變得黯淡。她詩作展現的「強度與高度」（套用瓦烈赫一首詩的標題），比之哈斯，毫不遜色。

在此文完事前，容我們舉〈在它完事前〉一詩為證。這首詩寫換了豬的心臟，躺在醫院維生床上，面對死亡，對生之意義覺得茫然的老父；對比窗外堅韌的大自然力量（「因石英而狂野不羈的／花崗岩，自山脈的鞍中／掙脫而起」），詩人告訴她父親，生之美的召喚、生之慾，是一息尚存的宇宙萬物共同的，根本的驅力：

……活動中的你啊，
豬不是你的密使。
　不是你要的裝飾品；
它的美運行，不問你願。
它驅動神祕的心臟。

死亡誠可怖，但在希爾曼連結「科學與魔法」的筆下，「一個可怖的美」（a terrible beauty），一個強勁的生之力、詩之力，誕生了！

輯一 羅伯特・哈斯詩選

Robert Hass

秋天

我們這群業餘生手在枝椏雜亂，
散發著樟腦味和浸泡於霧氣中之泥味的
桉樹叢附近採蘑菇。
酒杯蘑菇，馬勃菌，硫色絢孔菌，
我們加入酒或奶油，
打散的雞蛋或酸奶酪一起烹煮，
心想有一半的機率
會因一個錯誤而致死。「大量排汗，」
你引用可怖的田野指南裡的字句
在深夜說出這樣的話，
當時我們正交纏地臥於被窩裡，四肢沉重，
「是病發的第一個症狀。」

朋友將我們香氣濃郁的真菌稱作
「愛與死」，而且只吃我們吃了
鐵定死不了的那些。
在那些日子，死亡不止一次
晃動我們，而當它漂回原位時
我們覺得又活了過來。潮濕如泥，滑溜溜的，
我們向事物之名漂流。
孢子印滿佈於我們餐桌上
宛如神經質的星星。逐漸腐壞的蘑菇頭
散發出一股麝香般的壤土氣味。

譯註：「愛與死」（Liebestod），是德國作曲家華格納（Richard Wagner, 1813-1883）歌劇《崔斯坦與伊索德》裡女主角伊索德對著男主角崔斯坦遺體所唱的最後的詠嘆調，唱完後伊索德也倒地死去。劇中，兩人因誤飲了春藥，演繹出欲仙欲死的生死戀情。

黏著劑：給珥琳

新婚那年
我們有太多太多次
在灰色巨大的早晨睡過頭
然後發現風雨
已將棕櫚果，棕櫚葉
和甜得發爛的野生蘋果打落，
撒遍我們迷亂的草坪。

不到春天你的肚子已變得好大，
你的外貌似一株高大緋紅的扁桃樹。

當時我們窮到

得在埃姆伍德廉價商店
為了買不買圖釘而爭辯，
明知透明膠帶相當管用。
在那段生氣蓬勃的歲月
柏克萊似乎更為純真：
我們不吃午餐，
為了省下錢看《天堂的小孩》。

譯註：珥琳（Earline Leif），哈斯第一任妻子，兩人於一九六二年結婚，生有兩男一女。《天堂的小孩》（*Les Enfants du Paradis*）是法國導演馬賽·卡內（Marcel Carné, 1909-1996）一九四五年出品的黑白電影名作。

關於來世，加州中部印第安人只有最模糊的概念

早晨了，因為太陽已升起。

我在早起的溫熱中慢慢醒來，
自多刺的藤蔓採下莓果。
它們色澤深紅，
甜度極高，隱約覆著灰塵。
桉樹將一道羽狀的影子投落於
逐漸隱沒的屋上。

早餐過後
你會去游泳，我打算閱讀

湯瑪斯·霍布斯那難纏的傢伙
討論英國內戰起因的書籍。
他的世界沒有女人。
霍布斯，兄弟鬩牆，
為了財產。

　　我會在近黃昏的午後見到你
你的頭髮枯黃，被海浪
捲成辮狀，你的腹部和整個手臂
因淡淡的鹽分而發亮。
孩童們自海洋帶來
　成分複雜的含鈣禮物——
　黑色的蠑螈，有尖角的綠色蛾螺，
　螺旋形的乳白色獨角獸。

吃晚餐時

你可能會也可能不會心情躁怒。
第一批星星，而天黑後
織女星懸在七弦豎琴裡，
北斗七星斜掛在山丘上方。

歐洲旅遊
途中霍布斯所思所想盡是物體的運動。
無論搭船或乘車，他突然察覺
萬物皆動。

我們將躺下歇息，
在最後，沈甸甸地，
觸摸，漂流向清晨。

譯註：此詩標題來自班克羅夫特（Hubert Bancroft, 1832-1918）《加州歷史》（*History of California*）中的一句。湯瑪斯·霍布斯（Thomas Hobbes, 1588-1679），英國的政治哲學家，著有《利維坦》（*Leviathan*），為西方政治哲學奠基之作。

十九世紀之歌

「你的靈魂真像一座悉心呵護的花園。」
約翰・格雷翻譯的魏爾倫詩句
而一八六一年，波特萊爾買
一磅牛肚，他的肉販
少給了他四分錢。
他自詡為聰明人，
一邊拭去他粗壯之手所沾染的小牛之血，
一邊凝視了一下丁尼生所說的
「甜美的藍天」。

那是暖和的一天。
那兒雲朵

是用帶有淡淡血色的糖做成。
它們在哐啷作響的馬車聲中，怯怯瀉下
讓摩拉維亞處女們在婚禮日
唱的新旋律。

詩人是雲朵的統治者

而斯溫伯恩在他「未曾有熱帶的腳
踏過」——他真這樣寫——的北海岸，
創作了那首可愛的輓歌，
後來發現波特萊爾還活著，
他先前夢幻地將其安置
於「巨乳的乳溝深處」。

詩人的確是雲朵的統治者。

他像一隻檸檬色風箏，翱翔
過十九世紀的春日午後，
當馬克思在圖書館陰暗處
研究提爾西特紡織工人的生育率，
而巴枯寧那位彬彬君子，
在用手指與伯爵夫人性交後，
回家忙著用他麻木的雙手
製造炸彈。

譯註：約翰．格雷（John Gray, 1866-1934）十九世紀末英國唯美派詩人。魏爾倫（Verlaine, 1844-1896），法國象徵主義詩人。波特萊爾（Baudelaire, 1821-1867），法國象徵主義詩歌先驅。丁尼生（Tennyson, 1809-1892）英國詩人。斯溫伯恩（Algernon Charles Swinburne, 1837-1909），英國詩人、劇作家、評論家。馬克思（Marx, 1818-1883），德國政治家、哲學家、經濟學家、社會學家、革命理論家。巴枯寧（Bakunin, 1814-1876），俄國革命家、無政府主義者。

方寸

循環。
銅色的光又一次
躊躇於小葉子的
日本李樹。夏日，
黃昏，書桌的
平靜
以及習以為常的
寫作的平靜，這些
構成了一種我只有在

漫不經心時方得
領受的秩序。餘暉
為青山鑲邊，

我幾乎瞥見了
那生我造我者，
與其說從陽光

或李樹，不如說
是從構成這些詩行的
脈動裡。

房子

四月樹籬間快速移動的
是燈心草雀和金冠鷦鷯。
我剛才站在
窗口，培根肉
悶悶地嘶嘶作響，
咖啡冒出香醇的
熱氣還有《水上音樂》
的泉水
從另一個房間噴出。
住在一間屋子的同時
我們住在生活的
體內，昨晚

早春詭異的餐後
　之光還有現在
讓早晨的房間
　或暖或暗的陽光。

我知道自己
　只是特定
房宅的居住者：
　咖啡還有培根肉還有韓德爾
還有樓上熟睡的我的妻子。
　突如其來地
古老的暮色淹沒我，
　籬笆旁不想進來的
無花果樹濃密
　長滿粗毛的頭

還有昏暗的山丘上
　盤繞的燕子
還有房子裡
　那一切恐懼
還有不容易，好不容易，
　像月亮般
朝我落下的
　一顆壘球。

拉古尼塔斯沉思

所有新思索都與失落有關。
這一點和所有舊思索很像。
譬如說每一特別之點會抹煞掉
整體概念之清晰度這樣的想法；小丑臉
的啄木鳥刺探黑樺樹被刻蝕而亡的
樹幹，其存在即是某種
悲劇性的墮落，自光影尚未分開的
最初世界。或者另一個觀點：
因為這世上沒有一樣東西
可與黑莓的刺藤相對應，
一個詞於是成了其所指之物的輓歌。
昨晚我們談及此事談到很晚，我朋友的

聲音裡有一絲憂傷，一種近乎慍怒的
語調。過了一會兒我明白了，
照這樣的說法，一切都會消溶：正義，
松樹，頭髮，女人，你和我。我曾和
一個女人做愛，我記得有時
雙手握著她的細肩，
對她的存在驚嘆至極，
像渴望鹽，渴望童年河流及其島上
楊柳，遊艇上傳來的蠢音樂，
我們捕捉名為南瓜籽銀橙色小魚的
泥地。這幾乎跟她無關。
憧憬，我們如此稱之，因為想望充滿了
無盡的距離。對她而言我也必定如此。
然而我記得好清楚，她掰開麵包的樣子，
她父親說出的刺痛她的話，她的

夢境。在某些時刻身體和語詞一樣
神聖，美好的肉體持續的日子。
此等柔情，那些個午後和傍晚，
說著黑莓，黑莓，黑莓。

譯註：拉古尼塔斯（Lagunitas），美國加州北部的一個小鎮。

黃色腳踏車

我愛的女人很貪心，
但她排斥貪婪。
她走路不偏不倚。
我問她想要什麼，
她說：「一輛黃色腳踏車。」

*

太陽，向日葵，
路旁的款冬花，
金翅雀，寫著「讓」的
交通標誌，她的頭髮，

反光道釘，他的飢餓

和一輛黃色腳踏車。

*

有一回，他們在子夜做愛，非常甜蜜。他們確定肚子餓了，於是起身，穿上衣服，開往市中心的一家晚上不打烊的甜甜圈店。墨西哥裔的美國小孩在外面閒蕩，還有幾名醉漢，和一個販售毒品的黑人。有位穿著印花布薄洋裝的老婦人就在店門口。她打著赤腳，臉上滿是爛瘡和乾脫的皮屑。那些爛瘡看起來像葡萄乾，她的皮膚色澤是被強光蹂躪而後丟棄的羊皮紙燈罩上的那種乾黃。他們認為她一定餓了，拿著裝滿熱騰騰小圓麵包的白色紙袋再次走出時，他們停下腳步，送給她一個。她睜著小眼睛注視他們，一臉的困惑。她搖了一會兒頭，然後，非常和藹地說：

「不用。」

*

她唱出的腳踏車之歌：
海灣上的小舟
和你沒得比，
我的天鵝，我光鮮亮麗的車！

形象

小孩從小溪取來藍色黏土，
女人塑了兩尊像：一位仕女和一頭鹿。
那是鹿從山上來到紅杉峽谷
靜靜吃草的季節。
女人和小孩凝視那仕女像，
那未經修飾的豐滿，那優雅，那陰影般的色澤。
他們不確知她從何處來，
只知小孩拿來，女人雙手捏塑，
而鉛藍色的黏土出自小溪，
日落時分鹿有時會在那兒現身。

致一讀者

我曾目睹記憶傷害你。
我心中只覺羨慕。
在潮濕的草地上睡過，
我的慾望仍未了。
想像一月與海灘，
泛白的天空，海鷗。而
面向大海：不存在的東西
居然在，不是嗎，巨鳥
在第一道光中
弓身飛過最初始的海，
在我們的觸覺，意圖
或理性之岸不可及之處。

替花命名的小孩

當乾癟的老婦們徘徊於林中時，
我是山上的英雄
在明亮的陽光下。

死神的獵犬畏懼我。

野茴香的氣味，
香甜果子的高高閣樓，高聳於
開花的梅樹枝枒間。

然後我被下拋
到童年的恐懼中，

到那面鏡子與油污滿佈的刀叢裡，
黑暗中的
無花果樹群底下的
黑暗材堆。
　　如今想起來那只不過是
言辭間的惡毒，微不足道的
古老的驚懼，爸媽
吵架，有人
喝醉。

我不知道我們是怎麼活過來的。
在成年歲月裡的
這個晴朗早晨，我定睛
注視喬琪亞‧歐姬芙畫作裡
一顆純淨的桃子。

它如是圓熟地靜置於
光中。紅眼雀在我敞開的門外
樹葉間刮擦作響。
他一向如此。

片刻之前我還覺得難受，
發冷，
幾乎動彈不得。

譯註：喬琪亞·歐姬芙（Georgia O’Keefe, 1887-1986），美國女畫家。

和一位長期讀拉岡的朋友一起採黑莓

在這裡八月是灰塵。乾旱
讓道路暈眩，
但汁液在莓果裡聚集。

我們在上午九點十點
緩慢的炎熱時分採莓果。
查理驚呼：

對他而言，這是二十年前
還有覆盆子和佛蒙特州。
我們已停止談論

《歷史的真相》，
本體與客體，
以及慾望的調解。

我們的耳朵被嗡嗡的蜜蜂聲
堵塞了。而查理，
開懷大笑，

鬍子被「汁液」一詞
染成了紫色，
前去弄個更大的盆子來。

譯註：拉岡（Jacques Lacan, 1901-1981），法國精神分析學大師。

九月初

1

小孩在照鏡子。
頭歪向一邊，雙肩
下垂。
他在練習憂傷。

2

他認為她不應該
而她認為她應該。

3

夏
桃，日出之色

秋
李，薄暮之色

4

萬物隨風而動
風情各異。竹搖曳，
李樹飄舞，枇杷樹
顫了幾下。

5

危險無所不在。助動詞，魚骨頭，細微的粗心大意。沒有人真心喜歡天竺葵的氣味，不論是陽光入夢上班老是遲到的女人，或者隨遇而安不改其樂的男人。文字是抽象的，但「文字是抽象的」是舞蹈，是車禍，是心喜。那是喑啞的飢餓對世界所做的設計。萬事依舊，如果炎熱的早晨鹿在行將茂生的月桂葉叢間小口嚙食頭狀花序。夏日黃昏某處傳來小孩擺放餐具的聲音。熟能生巧：湯匙，刀子，摺好的餐巾，叉子；周邊都是玻璃杯。放盤子的地方純屬想像。媽媽坐這兒，爸爸坐那兒，這是我的位子，這是你的。一個精彩的故事有如性愛的飢渴，逼你就範，只是步調比較舒緩。而且一定有瓜果。

6

小母親

夏日早晨小蜻蜓的敏捷
這是祈禱文
這是季節變換之際以自身暖度
為衣的身體

7

不一定有瓜果
但一定有故事

8

切斯特在一間二手書店找到十二本他的第一部小說，然後拿到櫃台結帳。老闆說：「你不可以全都買去。」所以切斯特買了五本。老闆說：「總共一百二十二元。」切斯特說：「什麼？」那傢伙說：「老兄，它們可是初版呢，一本二十塊錢。」切斯特接著問：「那你為什麼要跟我收一百二十二元？」那傢伙說：「其中三本有作者的親筆簽名。」切斯特說：「欸，這書是我寫的。」那傢伙說：「好吧，一百元，免收你的親筆簽名費。」

9

桃子內部：
日出之色

10

李子外部：
薄暮之色

在舊金山有幾件事值得祈禱：海灣，高山，城市女神；回憶，遺忘，突來的喜悅，失落；日出和日落；中式、日式、巴斯克式、法式、義式、墨西哥式料理的守護神；咖啡館和美術館的孤寂；處女、母親、寡婦之月亮；多丘多陵，林蔭路景；約翰・麥拉倫；聖方濟；憂傷的聖母；歷經三代依舊不變的生活節奏；酒，尤其是馨芳葡萄酒，因為用匈牙利的葡萄釀製，不含樹脂且甜分不高的本地第一名酒；酸麵糰之母，真正的酵母與源頭；潮汐交替之際所有的魚和捕魚人；潮汐的起落；鰻草，最老的居民；霧；海鷗；約瑟夫・伍斯特；李花；一月的暖日子……

11

她認為那是好點子。

他心存疑慮。

12

成熟的黑莓

13

她說：住下來，住下來
而他說：刺傷的心
她說：陽光，絲柏
他說，小口小口吃著剝落油漆裡的
砒霜的白痴小孩
她說：我肚子上
半透明的小精液池
他說也許他說
也許

14

我祖母的名言：
他們是那種任由黑莓
在藤上腐爛的人

15

小孩非常迅速地靠近鏡子
隨即停下腳步
一本正經地
注視自己。

16

於是夏天託付——
白色給稻草的顏色
鴿灰色給石板藍
　擦亮磨亮
一些雨水
一些水面上的光

譯註：約翰‧麥拉倫（John McLaren, 1846-1943），狂熱的園藝家，舊金山金門公園的規劃者，任此園主管五十三年。約瑟夫‧伍斯特（Joseph Worcester, 1836-?），牧師，業餘建築家，舊金山「俄羅斯山」地帶精神導師與知識界領袖。

身體的故事

那年夏天，那個青年作曲家——在某個藝術家聚落工作——已觀察了她一個星期。她是日本人，一個畫家，年近六十，而他覺得自己愛上了她。他愛她的作品，她的作品有著她移動身子，她使用雙手，她沉思如何回答他的問題時直視他的神韻。有一天晚上，他們聽完音樂會一起散步回家。來到她家門口時，她轉身對他說：「我認為你想要我，我也一樣。但我必須跟你說我做過乳房切除術，」他還沒聽懂，「我失去了我的兩個乳房。」他腹部與胸腔裡隨時帶著的光輝——像音樂般——迅速凋萎，他特意看著她說：「很抱歉，我想我做不到。」他穿過松林走回他的小屋，第二天早上，發現門外走廊上有個藍色小碗。碗裡看似裝滿玫瑰花瓣，但當他將碗拿起時，發現只有頂層是玫瑰花瓣：其餘全是——她一定打掃了她畫室各個角落——死去的蜜蜂。

奧利馬的蘋果樹

他們散步於沿岸的樹林，
在逐漸荒蕪的草深的牧草地上，他們看到
兩株無人聞問的老蘋果樹。苔蘚爬滿
每根粗大的樹枝，主幹的木質看似腐爛
樹上卻繁花怒放，新生小嫩葉的
翠綠之火閃著光芒，即便在腐朽不堪的樹枝上。
藍眼草，罌粟花，幾朵魯冰花
點綴著草地，還有一種成色複雜、有花豹斑點
他們叫不出名字的綠葉花。
犬齒赤蓮，他說；她說，山慈菇。
蘋果花天然、逆光的白色火光
讓她顫動。他興高采烈，

彷彿某種感覺得到證實，
他望向她，盼求同樣的反應。
如果是午後，我沮喪的弦月
如一道傷疤在他們東方的天空隱去。
他或許會在夢裡瘋狂地敲打那扇
緊閉的門。此時，她想著，那苔蘚很像
攤在碼頭稍事晾乾的海草。
撕裂的肉，讓她驚嚇的是
寒冷白花裡反覆出現的撕裂的
慾望之肉。此刻它們似乎很溫柔，
她在她曾覺不悅的方寸間丈量那些
樹的尺寸，讓它們進入心中。而他已不再
擁有那些蘋果樹了。這與黃昏的
潮起或潮落同樣地悲傷或快樂。
礁石上噴起的浪花間的光

其顏色與此際他們所見在野地上空
亮光中閃現暗沉金色的那隻
小金翅雀相同。他們一起欣賞那隻鳥，
拉近彼此的距離，隨後他們又開始散步。
有個小男孩在另一頭的旅館走廊上遊蕩。
門後頭，一個女傭。另一扇門的後頭，一個
穿條紋睡衣的男人在刮鬍子。他嚴肅
而細心地將他的房間號碼放在
靠近腦中央處，彷彿那是鑰匙，
而後隨心所欲地在陌生人群中遊蕩。

譯註：奧利馬（Olema），位於美國加州舊金山灣區北部的一個小鎮。

苦難與輝煌

當她特意追想往日之事時，她
會微笑著，他們可能在廚房說著話，
於飯前或餐後。但是他們現在這另一個房間，
窗戶有著許多小窗格，他們在長沙發
擁抱。他使盡全力
摟緊她，她將自己埋進他的身體。
是早晨吧，也或許是黃昏，光線
正流過房間。屋外
白晝緩緩地讓位給夜晚，
夜又讓位給白晝。那過程擺盪激烈
並且不斷加速：週週，月月，年年。房間裡的光
沒有改變，所以發生什麼事一目了然。

他們試著融合為一體，
然而事與願違。他們彼此
溫存，唯恐
他們短暫、尖銳的呼喊僅能讓他倆和好到
再度疏離的時刻。因此他們互相摩挲，
他們的嘴乾了又濕，濕了又乾。
他們覺得自己處於一個強大又受阻的
意志的中心點。他們覺得
自己幾乎與動物無異，
被沖上世界的岸邊——
或者蜷縮在花園的門口——
一座他們無法承認自己永遠不得進入的花園。

插枝

夢川流其間的身體

你計數你擁有的一切
或已放開的一切。
只剩已失去的和可能獲得的東西。
對已失去的，無法挽回的
或者遙不可及的，你說：
亮光喜愛碼頭，水面上落日
不顛悅耳的弦樂四重奏
為螞蟻和沙灘跳蚤鍍上金色
它們在被昨夜的暴風雨沖上岸的

死鷸鶌的僵硬屍體上
狂歡共治。愚蠢的憂傷，
一種不規則的輝煌，是這些思慮的
同父異母姊妹。
對可能獲得的，你未發一語。
這個星球的十月。
巨大的月，明亮的星。

解衣的戀人們

他們邊穿衣邊起來，他們起來。
他們邊穿衣邊躺下，他們躺下。
他們是山坡上漫漫的草地
在風中顫抖。他們睡眠。
日子，廚房。剪下的花枝，

落下的花瓣，檸檬味，烤麵包或
肥皂味。有什麼事讓你心煩嗎，
其中一人說。沒有，另一人說。
你確定嗎，一人說。
是的，另一人說，我確定。

悲哀

我們時常是悲哀的動物。
百無聊賴的狗，被雨淋濕的猴子。

移棲

一隻棕色小鷦鷯在徐徐上升的
一團玫瑰色當中。四月：

最後的雨水，第一次的目眩
以及猶豫的光。

黑暗

慾望隨白日躺下，
夜間的鳥群在樹上
隨它們急速的心跳
醒來。你身旁的女子
呼吸勻整。一整天
你待在一個身體裡。而今
你來到了頭骨之中。風，
街燈，樹影搖曳
於陰暗的天花板上。

世事會變

小調，
兩拍：
草坪上的知更鳥
從陽光中跳
進陰影，從陰影跳
進陽光。

床間故事

在屋後的田裡，她說，
初夏的茴香長得又高
又翠綠，空氣
聞起來像她父親以前常在星期日晚上

帶他們到義大利餐館吃到的
有著大茴香氣味的小麵包。
當時她必須坐得挺直：
那是他們未能貫徹的
對家的概念。她點了一根煙，
想起她母親頸間
緊繃的血管，她曾細細觀察，
真讓她反感。他已開始打盹：
後院，她的聲音，塵灰滿佈的茴香，
熟得化膿的梅子的甜味。

夏末，星期一早晨

籬笆上
陽光下，

海灘浴巾。

無風。

杏子已熟，
已摘。
黑莓已熟，
已摘。

所以

他們沿乾涸的溪溝走。
白楊樹，所以地下一定有河水。

加上

她轉身向他。或者，另一種選擇，
她轉身背向他。群鴿自由
飛翔海上，或者海水在夜裡
拍擊著橋塔。
淡季：地中海風的蠟燭，
不透光，而貓　喂－味，
喂－味，喂－味，在庫房門口
石楠藍色的沙沙聲中。

蜻蜓交尾

1

比我們更早居住在這裡的人們
在夏日清晨也喜愛這些高山草地。
當高溫開始讓山谷變乾，
或許在莓果收成而松樹抽芽之後，
他們會在這悠閒期間登上此處：
爬山，搭營，採集，
然後拔營，爬山，搭營，採集。
一日數哩路。他們差遣孩子們
去挖取大百合的鱗莖，他們喜歡在夜晚

生火烤之，邊吃邊聊今年和去年
有何不同。說故事，
從名稱得知他們在地球的位置，
貓頭鷹月亮，熊月亮，醋栗花月亮。

2

海梅·德·安古洛（1934）在聖塔芭芭拉酒吧
和一名海峽群島印第安人聊天。告訴我你們族人
對創世紀的說法。嗯，那傢伙說，土狼在山上
尿急。打個插，傑米說，
前幾天我跟一個波摩人聊天，他說
世界是紅狐狸創造的。他們說是紅狐狸，那傢伙聳聳肩，
我們說是土狼。對啦，他尿急
又不想淹死任何人，所以轉身面向

海洋所在之處。打個插，海梅說，
如果當時還沒有人類，他怎麼可能淹死任何人？
那海峽仔一臉的滑稽樣。你知道嗎，
他說，當時我還是小孩，覺得這事真奇怪，
我問我父親。我們住在面向聖伊內斯的山上。
他坐在院子裡的長板凳上，用斧頭砍削
籬笆木樁，我說，土狼尿急的時候幹嘛擔心人類
而且根本就沒有人類？那傢伙大笑。
我家老頭抬頭看我，露出滑稽的微笑，
說：你知道嗎，小時候，我也覺得這事真奇怪。

3

想著剛才那段故事，清晨的熱氣，
上山的首日，我又想起有關印第安人生病的故事

以及——同樣的思考邏輯——站在罰球線上。

聖拉斐爾教區，傳教團所到的
最北邊，為建醫院而設立，以聖經中
將魚置於盲者眼部使其復明的
天使而命名。——我不介意重回那個年代，
我一邊聽著故事，一邊抬頭望向那名年輕的修女——
她身穿白色，氣味清新，洗得潔淨無瑕的長袍——

帶著對上帝的信仰橫跨大西洋而來的
方濟會教士，帶來了巴洛克雕像，金屬十字架
和繡工細緻的斗篷，也帶來流行性感冒、梅毒和咳嗽的疾病。

這就是加州在殖民之初幾乎空無一人的原因。
教會的美術館陳列的畫作以住滿矮小褐色人種的

狹長、陰暗的病房為題材，他們形容枯槁，摀著毛毯咳嗽，
聖者般的方濟會教士們耐心地穿梭其間。
光是看畫，瑪麗艾塔修女說，就讓你心碎。
他們本意如此良善，她說，但是如此可怖之事

卻也隨著他們的愛心到來。我記得我多麼痛恨
放學後的時光——因為我愛練籃球勝過世上的
一切——我從不知道我母親是否會在酗酒數週
不見人影的某個星期現身，

當著同學的面羞辱我，用她明亮自信的雙眼，
和審慎發出卻含糊不清的話語，以及她任性地
隨興之所至而胡亂搭配的驚悚套裝——

那種狀態的她幾乎沒想過要留給別人好印象。
有時候從帶有醒腦作用之清漆香氣的體育館地板

我會看到她在入口處找我，我會拍
兩三下球，細看那橘色邊緣，彷彿那是，
也的確是，世界真正的水平線，我手中的力量

唯一有把握召喚的事物。我會再拍一下
球，在指尖感受皮革的紋理，然後射籃。
那是完美的事情；簡直像在殺她。

4

當我們在詩裡提到「母親」，
通常指的是某個二十八、九

或三十出頭努力撫養孩子的女人。

我們用這特定的名詞
來守護孩童們自有的感傷能力
也讓她善盡其責。

5

倘若你現在害怕呢？
恐懼是老師。
有時候你以為
沒有任何東西能觸及她，
也沒有任何東西能觸及你。
你不是寧可
坐在河邊，坐在

死寂的河岸，
那比冬天還死寂，
所有的根張口呆視的河岸嗎？

6

今天早上，太陽初昇之時，
煙黃晶色的霧氣自池塘升騰，
一對纖弱，紅銅色，細如針的昆蟲
就在你門外那朵大濱菊尚未綻開的
花冠裡交配。綠色頭狀花序看似子宮
或預備勃起的垂直、哀求的鱗莖。
這對昆蟲愛侶尾部交合，全然靜止，熱切顫動，
似乎想藉此融入彼此的宇宙。

我認為（有何為證？）它們和我們不同。
它們交配，且滿足於交配。
它們不會一直帶著源自童年的這未遂欲求
然後四處尋尋覓覓。
所以，依我之見，它們不會像我們那樣彼此傷害。
它們不會因渴望而終其一生昏昏醉醉，
不會用它殺人，不會讓它玷汙一切，雖然或許
它們確也未曾經歷我們所經歷之事
當藍背的燕子快速點水掠過池塘
池塘裡綠藍交織的燕子倒影與之片刻婚媾
於倒映的空中，而心外出直抵被其抛進一座
復一座深淵裡的繩索的末梢，而一陣歌聲閃耀
自早晨幻化的萬千色彩。

我的昆蟲導師們已安靜下來，它們也許合體

於極樂之境以及欲求既滿後展開的細微
脈動裡，如此運作以求將世界最後的汁液
吸入受體內。也許在完事之後它們
才能分開。

譯註：海梅·德·安古洛（Jaime de Angulo, 1887-1950）是美國知名的民俗學家，加州原住民神話傳說與故事採集者，生於巴黎，父母為西班牙人。波摩人（Pomo），加州原住民族之一。

十四行詩

一名男子和前妻在電話裡交談。
他一直很喜歡她的聲音，專注聆聽
其聲調中每一抑揚頓挫。對它
十分熟悉。不清楚自己對那聲音，
對那溫婉的客套有何欲求。
他仔細端詳，窗外，觀賞用樹木
裂開之豆莢的種籽形狀。
長在每家花園裡的那種，除了園藝家
誰也叫不出名字的那種。四個淡綠色
拱形房間，小型的植物舞台拱門，
每個房間內安置了一對黑色錐形種籽。
願望的幾何學，纖細畫，印度或波斯的，

他們公寓裡的戀人或神祇。外頭，白色，
耐心的動物，還有糾纏的藤蔓，和雨。

微弱的音樂

或許你需要寫一首關於恩典的詩。

當所有破碎之物皆已破碎，
而所有死亡之物皆已死亡，
當男主人翁極為不屑地照著鏡子，
而女主人翁無怨無悔地審視自己的臉以及
臉上的瑕疵，而他們原以為可以據之
獲得解脫的痛苦——證明他們誠摯認真的證據——
已然失去新意，讓他們解脫不了，
而他們看著其他人過著他們的日子——
種種喜惡，理由，習慣，恐懼——
開始認為，仁慈而疏離地，

自私自戀是每一個燦開的人身上
一支雜草般的花梗，並因而
理解為何他們，終其一生，
如此奮力地捍衛它，理解無人——
除了貧窮和寂靜池中某個幾乎不可思議的
聖者——得以逃離這粗暴的，不請自來的
生活伴侶，也許在這時，暗藏於事物底下的平凡
之光，微弱的音樂，一種恩典般盤旋的律動會出現。

就像某個意圖輕生的朋友所述說的
當時的經歷。女友離他而去。
蜂群出現心裡，而後是蠍子，蛆，接著是灰燼。
他爬上了橋的縱樑，
面向海灣，一個蔚藍清澈的午後。
在鹹鹹的空氣中，他思索「海鮮」一詞，

覺得這兩個字有點可笑。
沒有人說「陸鮮」。他覺得這貶低了他在崖邊
拉釣起的閃閃發光的虹鱸，黑岩鱸，
魚鱗像擦亮的硬，在沿岸的
巨藻海床上——他終於明白之所以有這個詞
是因為螃蟹，或貽貝，蛤蜊。不然
餐廳的招牌就只能寫上「魚」這個字了，
當他醒來——睡了好幾個小時，像孩童般
蜷縮在樑上——太陽正西沈，
他覺得好些了，但心裡害怕。他穿上剛才
當枕頭用的夾克，小心翼翼地
爬過欄杆，開車回到空無一人的家。

她的兩條檸檬黃內褲
掛在門把上。他仔細端詳。洗過多次，

褲襠上淡淡的黃褐色讓他在噁心之中
夾雜著憤怒與憂傷。他對她的去處
略知一二。在俄羅斯山某處公寓。
他們當剛做完愛。她會熱淚
盈眶，感激地撫摸他的頷骨。「天啊，」
她會說：「你對我真好。」閃爍的燈光，
面向港口與海灣的山下霧景。
「你心裡難過。」他會說。「對。」「想念尼克嗎？」
「是的。」她會邊哭邊說。「我已盡力。」啜泣著，
「我真的已盡了力。」然後他會摟她片刻——
他野外考察帶回的瓜地馬拉織品掛在牆上——
然後他們會再做愛，她會再哭一下下，
然後睡著。
　　　而他，他會回味那場景
只是一次，一次半，然後告訴自己

他將會有很長的時間與它相伴，
與它相伴，除此之外，他別無
他法。他走到屋外的走廊，聆聽
夏天入夜後的森林之音，寒氣逼近時
草莓樹樹皮迸裂、捲曲的聲音。

但那並非那類故事，並非那種
傾身向你說「那時我才明白——」的朋友——
人們從來不怎麼相信這樣的故事情節。
我想到這世界如此多難，
必須不時發為某種歌唱。
且想到順序是有所助益的，一如秩序——
先是自我，而後磨難，而後歌唱。

譯註：俄羅斯山（Russian Hill），美國加州舊金山一個富裕的街區。

不惑之年

她若有所思地對他說：「如果你離開我，
娶一個年輕女子，另生一個小孩，
我就一刀插進你的心。」他們在床上，
她於是爬上他的胸脯，向下
直視他的眼睛。「明白嗎？你的心。」

愛荷華，一月

冬夜漫漫，莊稼漢夢狹難熟。
左翻右覆，又進入犁溝。

仿特拉克爾

十月的夜晚，夕陽漸沒，
褐色與藍色盤據黃昏
（遠處房間音樂隱隱），
褐色與藍色盤據黃昏。
十月的夜晚，夕陽漸沒。

譯註：特拉克爾（Georg Trakl, 1887- 1914），二十世紀奧地利著名詩人。

嫉羨別人的詩

這個傳說有個版本說海上女妖不會歌唱。
說她們會純出自水手掰的一個故事。
於是奧德賽，被綁在桅杆上，飽受
一種他未曾聽見的音樂之苦——海的騰躍，
風的透明織物，海鳥離岸後的飢餓——
而那些採集巨藻做花園護根的瘖啞女子，
看到他奮力掙脫繩索，看到
他眼中駭人的渴望，她們在島上多岩的荒地
被自己的想像永遠改了樣：她們想像
他想像著那首她們不曾唱過的歌。

柔軟的桃金孃花環

可憐的尼采在杜林，吃著他媽媽從巴塞爾
寄給他的香腸。租來的斗室，
一方小窗框著山峰上
八月的雲。苦思
事物的形式：阿爾卑斯耬斗花
懸垂的枝條，夏日陽光下雪松
飽受冬日折磨的軀幹，被積雪扭壓而致的
白楊樹幹的翹曲。

「荒原四處擴張；悲哉
彼荒原在心中之人。」

死於梅毒。不時修剪濃密的鬍子。
熱愛比才的歌劇。

譯註：杜林（Turin），義大利北部的重要城市，阿爾卑斯山環繞城市西北。巴塞爾（Basel），瑞士第三大城市，位於瑞士西北部。

仿歌德

群山之中，
靜止；
眾樹之巔
無一絲風。
鳥兒在林間悄然無聲。
等著吧：很快地
你也將安靜下來。

三首夏日的黎明之歌

1

田野裡最早的長影
彷如人世的艱辛。
第一聲鳥鳴則截然不同。

2

夏日的光非常年輕，完全不受監管。
沒有人能讓它坐下來吃早餐。
它第一個起身，第一個出門。

3

因為他已張開眼，他必定是光，
而她，睡在他身旁，必得顯形，
一小撮頭髮捲繞在她耳際。
他附耳低語：「醒醒！」
「醒醒！」他輕聲說。

幸福的分配

被扔回的床罩，
糾纏的被單，
月色中發亮。

是喜悅，
或渴望，
或苦惱的化身，

視想像者
為何人而定。

（我知道：你是

被穿透者，我是那
俯身於你身旁者，試圖
凝視你的雙眸。）

描述顏色之難

如果我說——在夏天回憶著，
灰禿禿的冬季樹林中
突來的紅衣鳳頭鳥的紅色污痕——

如果我說，雷諾瓦畫作裡
牽著一條捲毛哈巴狗
撅起嘴唇的女孩
歪斜草帽上的紅色緞帶——

如果我說火，如果我說自傷口湧出的血——

或者草叢裡片片罌粟花芬芳了夏日的空氣

在法諾郊外向風的山腰上——

如果我說，垂掛於她光滑如絲耳垂上的一只紅耳環，

如果她用一疊落葉算命

直到滿意為止——

胭脂紅的乳頭，嘴巴——

（你怎能不愛一個

算塔羅牌時作弊的女人？）

紅色，我說。突如其來的，紅色。

譯註：法諾（Fano），義大利中部的一個城市。

描述樹木之難

白楊在風中閃耀，
讓我們滿心歡喜。

樹葉飄舞，翻動，
因為八月高溫裡那樣的運動
使葉細胞免於乾涸。棉白楊的
樹葉亦然。

基因庫高舉一根搖擺的莖幹，
樹跳起舞來。不對。
樹善加利用。
不對。用語言述說樹木

做的事情，有其侷限。
有時候讓詩歌消除我們的幻想是挺不錯的。
與我共舞吧，舞者。噢，我願意。
山脈，天空，
在風中有所事事的白楊。

雙海豚

一座有棕櫚，棕櫚，棕櫚的天堂
以及閃亮的海。

岩石，鵜鶘，此外純粹的地平線，
幾間多角狀的白色別墅在向海
滾下的山坡上。

「謝謝。」「不客氣。」

一隻捕蠅鶲在鐵木樹上，
硫磺色的肚，微白的喉，
淺灰翅膀上一層金褐色的外皮。

高度戒備著。他有事要做。
早餐過後他們各自活動。

海鷗，短暫的寧靜，以及閃亮的海。

「今天早上木瓜很可口。」
「的確，但番石榴不夠熟。」

表現主義的十字架像：軍艦鳥。

沙色的日子，發亮的熱。
「你把一大群鵜鶘稱作什麼？」
「一支小型艦隊。」「啊，一葉小浮舟。」
「一個娃娃艦隊。」沙漠中

香草之味，以及，怪哉，楓樹
（皺籽木？）之味。之後做愛，
隨著海浪聲，
海浪聲。

伊甸園，地獄的邊緣。

扇葉棕櫚以及海；大葉子
扇葉棕櫚的花彩弧
成扇形展開；它們向海上傾跌，
掠過沙，掠過沙，嘆息，
傾跌，掠過沙。

丑角麻雀在珊瑚刺桐上。
一隻翠鳥在荒漠天際不停騷擾另一隻。

藍色，或將成為綠松石色，
或將成為石頭。

咖啡馬克杯的骨瓷把手：月亮。

什麼東西古老？藏於
這一大塊黑色，隆起，多孔的
「尚未含有化石之岩石」中
被大海擊打的寂靜。

沒有動物，沒有植物，
只有海成形前的火之潮汐。

在皮膚與語字之前。

「嘹亮的堅果殼空無地嘎嘎作響。」

燦爛的翻騰，蔚藍的翻騰，
浮現——世界浮現——
只用現在式。

「午餐後我會來看你。」
（輕輕地親了他一下）

「——彷彿那些高飛於橙色空中
棕櫚叢裡的覆盆子紅唐納雀是野蠻的。」

譯註：此詩最後兩行是美國詩人史蒂文斯（Wallace Stevens, 1879-1955）〈作為字母C的喜劇演員〉（The Comedian as the Letter C）一詩中的詩句。

那音樂

近八月陽光下那小溪的銀亮，
以及清朗的空氣，以及融雪殘留的
涓涓細流，滲入山草的根，
樟腦草，金色煙霧，或綠赭相間的顏色，

它們舉行會談嗎，那夏日薄暮中
戀人們的身體，他的呼吸，她的睡臉，
也加入會談嗎——松林間徐徐的微風呢？
如果要你擔任翻譯，如果那是你的工作。

九月，因弗內斯

入秋小陽春炎熱，托馬里灣一片蔚藍。
正是登山者在因弗內斯岡上
踮起腳尖採摘鹿無法搆及之
成熟黑果時。這是暫歇的季節——
白鷺在退潮的淺灘覓食，一排
鵜鳥在汙泥灘拍動羽翼，時而白，
時而非也。一陣霧靄飄離海灣。
你外出辦事駕車經過，
起風了，在這樣的時刻
眼角瞄見之物盡是幸福喜樂。
在風的助興下，水面波光粼粼。

譯註：因弗內斯（Inverness），位於美國加州舊金山北方，托馬里灣西南海岸。

七月筆記本：鳥兒們

睡眠像下行電梯
模擬記憶喪失。

早起的光。

航行者，你為何出生？
一個人出生沒什麼理由，
雖然有一堆理不清的原因。
源自淡黃泡沫，
細胞開始分裂，或者他們如是說，
以陽光為生，
毫無理由。

然後生命想望生命。

你現在醒著嗎？
我現在醒著。

*

在我前面有六名非洲男子，各個高大
英俊，全都穿著得體，無可挑剔；
晚餐時他們六人都點了可口可樂（回教徒吧，
好像是，還是貿易代表團？外交官？）；
坐在我旁邊的年輕美國女孩
是來自華府的獸醫助手；
我問她是不是負責寫病歷
或抓住動物？兩件事都有，

她說。她在前往斯德哥爾摩的途中。
靠窗座位上的年輕男子，也是美國人，
一頭近期記憶中未曾梳理過的
黑髮，昂貴的義大利襯衫，
牢戴在一邊耳垂上的黃金十字架，
左手大拇指和食指間
柔軟皮膚上的聖甲蟲刺青，
他在閱讀葡萄牙文常用語手冊。
也許在里斯本或法魯有個愛人。
應該有某個用語可以表達這名乘客的柔情，
飄忽不定的念頭，宛如稍後出現於
涅瓦河上的白色碎浪，當
芬蘭灣外的風吹皺
河面，將白色丁香的
小花瓣撒落於堤岸的

灰石上。堤岸上方有兩隻黑面鷗，
斜飛於空中，淒厲，淒厲地叫喊著。

*

它們被打造得有如驚嘆號，啄木鳥們。

*

你在那裡嗎？夏天到了。你有沒有沾到櫻桃的汁液？

今天的晨光觸摸每一樣東西：
池塘邊的草，
被風叨擾的水，
岸上的白楊，以及向陽面的一株白色冷杉，

這條路上的藍色屋子
與其頂部發亮底部陰暗的
白欄杆，
這讓向陽的表面更加明燦
一如光中的白楊葉。

你在那裡嗎？也許再好不過了
在仲夏早晨
成為松針的陰影面
（存在想像之中，短暫地
成為松針的陰影面
在仲夏早晨）

太陽已在路上那間藍屋子走廊上
未點亮的門廊燈泡裡

凝聚成一個白熱光點。
看一眼幾乎就被灼傷。

你在那裡嗎？還浸泡在夢裡嗎？

天空發明了一個名為最新碧空的網站。
外面有四種鳥鳴
和一把條理井然的清晨鋸子。
不，不是鋸子。是騎著滑板車的一個小男孩，他
黑頭盔上的太陽被凝聚成一個灼熱光點。
他不是來接我們的死神
也不是穿著黑色T恤抵達的真理
衣服上印著火舌狀的紋章。

你在那裡嗎？不知怎麼的，我正想像著

你頸上的幾根毛髮，即便我知道
你是令我生畏者，是繆斯，
是我難逃一死的命運，是一個祕密。
夏日早晨騎著滑板車的一個小男孩。
我剛才有說光在觸摸每一樣東西嗎？

*

仿柯勒律治兼致米沃什：七月下旬

今天早上我沒跟其他人一起健走
於塵土飛揚的小徑，經過消防站，
經過茂密、不勻稱、帶有香草味的
黑材松，來到三齒苦木和辛辣的鼠尾草
和灰綠的加州丁香多尖刺的枝葉間，

聆聽大衛講述高山
生態系的驚人效率，
白杉木對其低層樹枝用途的
成本效益分析，
在向日葵葉子柔軟翠綠的台地上
放牧蚜蟲的螞蟻——它們貯存蚜蟲
營養豐富分泌物裡的糖分。我想起老人
堆滿七國語書籍的陰暗書房，
那是他對抗虛無的軍事行動
總部。其中有極大的自負，
當然，對創傷的自戀，
卻是實際的作為，實際的成果。他相信的
事情之一是我們的詩作會比我們的
動機更勝一籌。所以，誰在乎他
為什麼寫那些詩句談一九二〇年代

在維爾諾的他鋼琴老師的髮型
或者一九四二年倒塌時壓到她的那棟
有著泡沫狀巴洛克飛簷的建築。大衛和
其他人現在應該已抵達瀑布。

當初與她並肩坐在桃花心木長凳時，
有些事情是他無法知道的，
無法知道他只能看到，或重新建構，
回想著她的脂粉氣味，
在另一個大陸，以六十五歲男人的身分。
自小窗口看著早春的雨水落下：
知道她，如果她教鋼琴，是有藝術氣息的女孩，
知道她沒有家人的金援，知道她一定曾
夢想過登台演出，發現到自己
才賦有限，知道她的頭髮，

讀者服務卡

您買的書是：＿＿＿＿＿＿＿＿＿＿＿＿＿＿＿＿＿＿＿＿

生日：　　年　　月　　日

學歷：□國中　□高中　□大專　□研究所（含以上）

職業：□學生　□軍警公教　□服務業

□工　□商　□大眾傳播

□SOHO族　□學生　□其他＿＿＿＿＿＿＿＿

購書方式：□門市＿＿＿書店　□網路書店　□親友贈送　□其他＿＿＿

購書原因：□題材吸引　□價格實在　□力挺作者　□設計新穎

□就愛印刻　□其他＿＿＿＿＿＿＿＿（可複選）

購買日期：＿＿＿＿年＿＿＿＿月＿＿＿＿日

你從哪裡得知本書：□書店　□報紙　□雜誌　□網路　□親友介紹

□DM傳單　□廣播　□電視　□其他

你對本書的評價：（請填代號　1.非常滿意　2.滿意　3.普通　4.不滿意）

書名＿＿＿　內容＿＿＿　封面設計＿＿＿　版面設計＿＿＿

讀完本書後您覺得：

1.□非常喜歡　2.□喜歡　3.□普通　4.□不喜歡　5.□非常不喜歡

您對於本書建議：

感謝您的惠顧，為了提供更好的服務，請填妥各欄資料，將讀者服務卡直接寄回或傳真本社，我們將隨時提供最新的出版、活動等相關訊息。

讀者服務專線：（02）2228-1626　讀者傳真專線：（02）2228-1598

舒讀網「碼」上看

廣　告　回　信
板橋郵局登記證
板橋廣字第83號
免　貼　郵　票

235-53

新北市中和區建一路249號8樓

印刻文學生活雜誌出版有限公司　收

讀者服務部

姓名：________________ 性別：□男　□女

郵遞區號：________________

地址：________________

電話：（日）________________ （夜）________________

傳真：________________

e-mail：________________

編成密密的辮子，盤在頭頂，
環繞著她形狀優美的腦勺
（那個拿著一捆破舊蕭邦練習曲譜的
男孩是不太可能注意到的），蘊含
她當音樂系學生時期青春氣息裡特有的
波希米亞風的優雅與大膽脫俗，以至於他，
行將步出中年外緣的詩人，
雖然未來種種清楚地橫在他眼前，
會自發地想起她微紅的「美好年代」秀髮
以及他先前未曾察覺的淡淡
杏仁粉味，想起她一生中
必定花費數千個小時
打理她的辮子，且覺得年輕人，
一如當時滿懷責任與憤恨的自己，
總是與某種已然幻滅的對時髦或美的

夢想錯身而過，在前輩們習以為常，
因而乏味，因而無個性的行頭中，這些
時髦感或美感苟延殘喘，奄奄一息，
而能與她的高雅相稱的只有
（綠色加州的雨勢或已稍趨
緩和，只剩細雨靜靜滴落蕨上）
城裡最貴地段中她支付得起的
那些最小的房間——他想起
她一塵不染的架上一排排法國小說的
黃色鑲邊——這就是為什麼
他到磐石聖彼得街上那間
閃亮的客廳去拜訪她，並且為什麼，
數年後同學來信告訴
他，砸到她的石頭
不是混凝土或當地的石灰岩，

而是精心開採的整塊白色
卡拉拉大理石。他內心某樣東西，
誠然，與他認為正在抗衡的
黑暗是同一的。一個練習憋氣，
將之當成一種力量的展現，一種
威脅（但對誰？要勒索什麼？）
的小孩。或者一個改良
沉默以對的方法以因應
可預見的失戀之怒的戀人。
所以他也許得自我覺醒
對抗浪費，對抗無盡頭的愚蠢
和殘忍和浪費和濫用的感傷，
才能聽到音樂從中訴說他已明白，
在這些年之後，她瘦小的身軀
已然昂貴地被壓碎了。有一年夏天

我在瀑布附近看見一隻蜂鳥，
一個汽笛風琴，在濺起的水花
和鐵杉樹的上方盤旋，發光，
而後墜入其中又飛升而上，
搖搖晃晃拍打著憤怒的翅膀，
接著再次墜下，飛升，發光。此刻
其他人應該已到達那裡，而今年
這隻鳥可能回來了。他們已經沿著
塵土飛揚的小徑攀過突起的花崗岩
來到小溪邊以及水花飛濺的小瀑布。

*

給C.R.

你說你一無所有，什麼意思？
你不可能一無所有。不是有三個綠蘋果
在桌上土褐色的碗裡嗎？神話故事裡
不是有三個蘋果要給三個女神
而那男的得從中挑選——不，有一個蘋果
和三個女神，正如那句名言：
政治不過就是兩塊蛋糕
和三個小孩。不是有三朵黃玫瑰
在櫃台上明淨的玻璃瓶裡，在另一種
與你在埃斯孔迪多港綠色運河邊
草木蔥蘢的邊境看到的水風信子
略似的花它紫色的花穗間？
你還記得胡安稱它們為「大齋期花」嗎，
這讓你領會花萼雪白的噴湧
是一種復活、升起，你看著化療後

剃光頭的康妮，以及她不想錯過
任何東西的一對明亮大眼睛，
你還記得水面突然
活潑起來了嗎：小魚們猛烈地攪動
跳躍，而胡安，指著水中
那引發它們跳躍的東西，大叫「梭子魚」，
而幼小的鵜鶘們俯衝而來，
不太熟練地練習它們捕捉
受驚的銀色小河魚的新技巧？還有
那黑頭的燕鷗，一整群，
也加進來，盤繞飛旋，針一般
刺入劇烈攪動的水？全都一次爆開：
綠潟湖，梭子魚，銀魚，褐鵜鶘，
猛刺著的燕鷗，胡安的笑，驚懼，活潑，
還有康妮藍色的大眼睛以及水面再次

平靜後升起的河流的味道。當然，
有三個蘋果，一個給美，
一個給恐懼，一個給回歸平靜後
康妮的眼睛，紅樹燕在空中，
羞怯的白面彩鷚在風信子花間覓食。

*

六月的傍晚，霧飄移進來
越過高高的松林，幽靈般纏繞其間，
而後落腳於海灣，為向晚時分
敷上一層灰柔的光澤並且收回
正午時我們不知道會不夠享用的
東西：夏日的藍，以及夏日樹林
乾爽的香氣。彷彿某個冰涼的鹽神

遊蕩到陸上小睡一覺。你仍可見
蒼鷺在淺水處捕魚，一隻翠鳥或魚鷹
從飄蕩天際的霧中浮現，一會兒
又不見蹤影。而香莓柔軟淺綠的
葉子以及有突起紋路的咖啡莓葉子
以及紅杉和松樹的針葉，隨漫漫
薄暮的到臨在冷灰空氣中更顯輕快
因為霧是它們的自然元素。我心想
這樣的描述天氣會是一種表示
萬物來來去去的說法，一種把到來
與離去的節奏涵括於夏日午後
時光何其短暫之感嘆的方法
當陽光溫暖的在你頸際而世界
有如一隻睡在走廊上的狗，或一個對其
而言下午無盡長，無盡長的小孩。時間：

厚實的蜂蜜，沒有人說再見。

譯註：法魯（Faro），葡萄牙最南端的城市。涅瓦河（Neva），俄羅斯西北部的河流，注入芬蘭灣。柯勒律治（Samuel Taylor Coleridge, 1772-1834），英國浪漫主義詩人。米沃什（Czesław Miłosz, 1911-2004），波蘭詩人，一九八〇年諾貝爾文學獎得主，哈斯友人，與哈斯同在加州柏克萊大學任教，曾與哈斯合作將自己多本波蘭語詩集譯成英語，二〇〇四年逝於克拉科夫。維爾諾（Wilno），立陶宛首都。「美好年代」（Belle Epoque）是歐洲社會史上的一段時期，約從一八七一年開始，至一九一四年一次大戰爆發而結束。卡拉拉（Carrara），義大利西北部城市，以產大理石聞名。埃斯孔迪多港（Puerto Escondido），墨西哥港口，距首都墨西哥城八百公里。水風信子（Nile hyacinth或water hyacinth），即布袋蓮。大齋期（Lent）是基督教的一個節期（天主教會稱四旬期），在復活節（Easter）之前共四十天的齋戒節期。

往百潭寺的巴士

高速公路沿漢江開展，漢江
自我們正要前往的山區向西流出。
今天早上公路是江水色的，灰灰綠綠，
帶著土黃的污痕，而且迅急。八月，
雨後陰沉的早晨，天空是珍珠的
色調，路邊水窪的光澤
如此空靈，似乎想穩住這個世界
像虔誠的年輕僧侶的心境。

輯二　布蘭達・希爾曼詩選

晨歌

——給母親

某個清晨你醒來，它已離你而去。
恐懼，每日繼承的東西，
那溫柔地將你拉起的空白。
床鋪周遭的一切被靜置，
你如是相當強有力，靜止不動。

在這一天，你擺脫掉它。
榆樹的嫩枝已將之掃清。
使冰變黑的恐懼，
使搖晃的旗子凍結

如無手操弄之木偶的恐懼。

讓你起舞受煎熬的一切，
為了讓你醒來而帶給世界痛楚的一切，
已然離去。那恐懼，最近
才將玩具帶入此生——
那些玩具撬開腦，直至今日。

因此今日勇氣會是需要之物。
整個早上，當你細想水的
襲擊，速記痛苦之法，衝撞的交通，
你會說：我辦不到。如此而已。
從一個老純真到另一個，

勇氣會回嘴：你不會。

三首梨形小品

——用薩替標題

1

三個梨子成熟
於壁架上。週復一週。
他們是婚姻生活。

中間的是其他兩個
正在進行的對話。
他是他們的境況。

三個沒有鳥的翅膀，
三種感覺。
他們如何讓情況好轉？

他們無法。
他們怎能安於此狀？
他們可以。

2

梨子在討論事情。
今年業績不好，

安久梨，巴特利特梨。
他們是精神科醫生，

有耐心且圓融。
飢餓已直侵硬莖。

會把他們毀掉。

3

梨子們是老女人；
都一個樣子。
薄施胭脂，
綠色有凸點的裙子，
不約而同紅起臉。
將永遠年輕。
不會成熟。

在新世界，
成熟一文不值。

譯註：薩替（Erik Satie, 1866-1925），法國作曲家，作品獨特，曲名常突發奇想。

黑暗的存在

——你躺在你的床上

十年了，十年後
你起身。房間裡滿是淡淡的顏色，
但有一座生意盎然的有趣小山，
萬物從中流出；

而你在存在
與你那些引句的綠穗間
看到牆
壁上的非存在，
一個無法安於地面的活躍的影子，

且並非反諷，也就是說，非分裂；

如果沒有這影子與這世上拒絕
它的任何事物間的
某種合作，將一事無成。
所以你邀它進來——

給你慰藉也給你驚嚇的黑暗的存在——
無法駐留的明亮的存在——

花現

——暫停：在不與等候
兩者之間。
在冬天與你迎接它的時日之間：
梅花。梅花滿天下！

每到這時節，這隻
不自在的黑眼總是四下俯看風景，
被亢奮地拉出的一隻眼睛，四十年代的
弧形眉毛彷彿樂曲裡的延長記號，

看著粉紅色的諸般現代變奏
一路直到歐基里德大道——然後

頭暈眼花，你試圖化驚為夷，
不要讓你的影子陷入每一棵樹
同歷的狂亂狀態。

有一天它找上了你。
在你翻轉凍僵的泥土時春天叫出聲。
蚯蚓扭動著楔形文字似的溫暖身體，把自己拱成
某個樣子——如果這不算欣喜
該也幾近欣喜——

而一隻鐵鏽色知更鳥像一架雙翼飛機般緩緩降落，
搖動樹枝，所有的
花瓣芬香地
灑落在你身上那不是哀愁

然後你知道對這隻鳥以及對你這乍然
劈開的世界美得讓人目瞪口呆
雖然要讓魂在幾乎是不可能之事——

老鼠

當我寫不出東西時，我進去和老鼠玩。
來吧寶貝。
我打開籠子，把他拿起來放在腋下，
這麼珍愛他，雖然他被我所囚——
小小的頭用力向前，
身體下垂，直到苞芽似的陰莖
從柔嫩的肚子浮現。
來吧，我對他說，
我要休息一下；
我不要繼續在詩裡尋找自我。

我可能不會再生小孩

所以當我注視他始終澄澈潮濕如鮭魚卵般的
眼睛
我說兒子啊，兒子啊一整天
且讓他做各式各樣的事：
把他整個頭放在我嘴裡，
在床上吃麵包屑，
在洗衣籃裡拉屎……

這是資產階級的老鼠觀——視其為娛樂；
在我的閣樓裡有很多隻窮人的老鼠——
我很難愛上他們——
在我的夢裡有很多隻窮人的老鼠，
在我童年的穀倉裡，
他們吃熱熱的，被苞葉包住的乳白玉米果穗
直到他們一遍遍被射殺，

直到他們神奇的腦袋燒出火焰……

來吧寶貝。
我讓他親密貼近我，太過親密；
讓他把他爪子的粉紅色逗點
刺入我脖子，趴在我不堪重任的胸脯好幾個鐘頭——

然後他開始發出滿足的嗚嗚聲或喀嚓聲
如同在宇宙的中心
諒必會發生的，
金合歡在熱天讓他們的種子爆裂時
發出的聲音，
一陣微小的急射當陰暗彎曲的東西
突然扭轉成開闊——

幾種差事

修鞋匠在成雙配對的鞋子後面幹活，
整隻手在他正擦得發亮的皮靴裡，
每樣東西安適地陳列於玻璃窗中，鞋帶
兩兩放在櫥窗裡他鋪撒的砂礫上，鞋子
擺置得彷彿它們正在走路，一旁
鞋拔的木舌頭一根根挺立，擺好姿勢
為這無生命的世界效勞……他看起來溫和
專注，柔柔的口音，也許小時候在
蘇格蘭長大，也許還放過羊……晴朗日，
在柏克萊離婚後第一個夏天，不見傷痕，悲傷
難言的時光；他穿著藍圍裙和氣地等候，
撫摸著穿舊了的鞋底內面，而我感激這些

對我們生活經歷一無所知卻為我們工作的人……

*

乾洗工在銀鈴後等候；
他來自柬埔寨，櫃台上放著免費的
基督教文獻。他以愉快的閒談向我打招呼，
把那些外套仔細搜尋一遍，有些已留下多年，
他說；它們發出輕柔藍色的呼呼聲，當它們
環行於那些和自動船下所見相似的橢圓物上。
衣物前進，隨裝置的飛快移動，小件的
格子布和印花布，我看見我丈夫的外套——
我會稱他我丈夫多久啊——像一個老友
快走過我身旁懶得與我打招呼。妙的是，
我不必把它拿起，那嚴肅的彩格呢將在

女人的衣服之間廝混，逗留一整夜……

*

我看著年輕的肉販翻弄那
子雞：他抓住一隻翅膀，旋轉了一下，
先是雞背朝下，把切除掉的，濕答答的
檸檬色油脂扔進垃圾桶，然後在他
開始處理腿部前，把手深深探進裡面
直到手指從雞脖子處出來……另一個肉販
把大塊的牛肉放在鋸子下：引人入勝，
複雜精細的渦狀形，隨死去的牛肉的抽離；
他離開，從冷藏庫大聲吐出簡短的字詞——
是對我還是對懸吊著腿的屠宰後的畜體？——
我可以等，但那些空位不能，滴答聲

輕微地響起，畜體跟著搖擺，搖擺……
我總覺得我們可以從這些肉了解
所有的事情。也許。但我的生活愈來愈
靈性。年輕的肉販把雞肉從背部
一刀劈開，似乎頗享刀子入骨時猛烈
一擊的快感，我試著領受。主婦們倚著
冰冷的玻璃傳播假日的新聞，他作了
回應，沒有真正抬起頭；我心喜之。

*

噢，柏克萊的夏日早晨，不是嗎？——
怎麼？經過法蘭西飯店，小湯匙的閃光
只許如此短暫而節制地停在白色茶碟上，
梅花即將開完，百子蓮——「節制的百合」——

在路中央分隔島裡，綻放，或即將綻放——
如同我，熱情又躊躇，不想要寫它，
不想要因寫它而毀了詩的
完美……在牙科診所，小小的鏡子，
恐龍的尖叉伸進嘴裡。嘴：
最初的黑暗。附近：掛著稻草無眼魚的
汽車。牙醫將回家和她家人一起，
在短暫地探入肉眼可見的祕處而一無
所獲之後……我想像經文裡所謂的「智慧」
大抵如此，以上帝的想法創造宇宙，
樂在其中且能勝任；她用她的
叉子觸碰肉體的部位，而疼痛生輝……

毛髮

——在我們做完愛以後
我的一根毛髮還留在他的嘴裡。

他用手肘撐起身子，
他背後廊燈的光影讓他看起來像
歌劇院外
一株黑色的蒲公英，他用
食指和大拇指
耐心地試著將那根毛髮弄離舌根，
輕輕地推呀推，
然後那喝醉般東倒西歪的小水手自發而傻氣地

挺身而出……

即便交往多時的情侶都覺羞赧的時刻。
三番兩次進攻。
他親了我一下，在親吻時，將
還留在他的嘴裡那根毛髮

遞進我嘴裡。
這根閃亮的S形之類的棕毛。
我思量它所代表的字眼：

寄居者，纖細的，機敏：

我借出的東西
如今已全數奉還，肉體

沉浸在他據有的
靈魂裡，被掌握，不寂寞——

譯註：寄居者（sojourner），纖細的（slim），機敏（sagacity）。

收費員

跨海去看心理醫師或看戲的途中
我會經過那收費員；
她總是在我到那裡時就已經把手伸出來，
一隻灰褐色的手，佈滿晦暗的
橄欖綠色粗線條，
我似乎很常選上她的亭子所以我認得她
（就「第一眼」而言）
雖然我只看過那穿著制服的身體的上半部。

一整天她面對兩種醜：
會動的醜與不會動的：
石油公司靜止的白板和管子，

令本世紀的黑血愈變愈稀，
石油以種種形狀經過她，或者
平平滑滑從煙囪，
或者琥珀色般黏稠，在卡車裡猛衝，
而在她背後是兩種美，
會動的美與不會動的：
魚鱗般的水面
以及聖昆丁監獄打碎的蛋黃般的黃色。

這麼多東西經過她：
昂貴的野營車，通向大地之毀滅的
毒素卡車，
而戀人們也經過她……我曾和我的戀人一起經過，
邊聊天目光邊飄轉過他的手臂，看他把錢遞給她，

但通常我獨自一人在我的鐵盒子裡
一隻手伸向在她鐵盒子裡的她——

她收下紙鈔，發出輕微的一聲啪
當我大聲說謝謝！（那結尾處
濺出的驚嘆號）
或嗨！（那期待的「i」聲
往下鉤，彷彿她應該
抓住它的殘響對我略有所感）
她面無表情地看著我，
開始把紙幣的邊邊弄平
雖然紙幣不是太皺，
她只是假裝它皺皺的，
為了消磨時間可能做的那種動作，
朋友在水沸之時為了

挽留你可能有之舉
以便告訴你新的，祕密的樂事或某個
你可能無力
滿足的她的特殊需求……

我在書刊裡讀到許多守衛者守在
許多世界的許多入口
以免遷徙者攜帶
過重的東西通過——他們的職責是確保
旅行的順暢，
天堂承擔的債務不會太大

而我有時看到她的臉藏著
我一點也不知道的煩惱，
我便不覺我與她有隔——

她覺得我已經付了我該付的，
已不欠她任何東西，
她開始把手往前
比向橋上那潮濕的，星光閃爍的薄霧，
那兒一長串汽車川流而去
一如我必須離去，還有我後面那輛——

譯註：聖昆丁（San Quentin）監獄，加州最古老的監獄。

幾乎陰影

如果永恆的愛存在，
何以有此恐懼。恐懼
另一個人，過分接近……

不只如此：　甚至
走在那人身旁都覺恐懼。
你四處問人家。也許並非
你一人有此感覺。

特別在夏天，當黎明喧囂，
當你聽到它們最飽滿的狀態，
那些驕傲，優雅，爭食小米的燈草鵐，

那些松鴉，那些少年期的麻雀，
它們無法一起停留在枝上，
遂一飛（幾乎）觸地，
戀愛著沉墜／沉醉之感；

你也是這樣的情況。
發現自己被愛或戀愛著，你感到恐懼
（彷彿一盞
營燈已然舉起）
　害怕自己幾乎太過黯淡。

那種幾乎之感
與空無之感
相似。你曉得的，感到
空無，與他有關——

明亮的存在

在春天，巨松們等得有點急了。
野花啟動
它們的大環，在地底下

而蘭花，年年回到
林地上
相同的斜光，
奮力向自身的邊緣推進。

情人們，你們在嗎？為何合為一體
在那潮濕的舟上？花
四處都可像派對般觸碰你，

一系列璀璨的五彩碎紙
在其喉間——

快樂！那是什麼。從何而來；
往哪裡去？陽光
抓住扁平的葉子；

該有更多見證在自我的邊緣，
那兒一切兩者兼具。

櫟菜蛾們，
擁有的只是蒼白的明日，
在花前墜入無形的網，
還沒有準備好的部分

在裡面多待一下子，
已準備好成形的部分
就出來了——

男性的乳頭

——非十足，非
無用，慾望的無用之用，中心點
四周輕微的消沉

*

——當摩托車男孩點燃他的
　香煙時，我渴望
那扁平的乳頭，傷疤，女低音聲的「何時」

*

在你領會到地獄之
花非地獄，
　　而是一朵花之後——

*

亞利桑拿州游泳池裡漂亮男孩們的
乳頭看起來多
「水面下」啊——丟進水中的一分錢硬幣

*

——在你領會到
地獄之花
絕非地獄，而是一朵花之後——

*

說服他只脫下
他的襯衫。它們，哦，一個
棕色，另一個則像故事的內幕——

*

——潛水者們的乳頭，
啊，潛水衣底下它們往下指的樣子：

*

當我第一次把
我的舌放在他舌上（在確然了解
他非我母親之後）——

*

噢，那些我所愛的身軀已疲憊。
我喜歡他們的肌膚。而
我非感傷的動物或墳墓——

*

——在你領會到慾望
是地獄，而地獄之花
非地獄，而是一朵花，哦，之後，

*

——所以我對他乳頭四周
那些小毛髮說：躺平！它們躺平，

像營火般，但沒故事——

*

那些在沙漠戰爭中戰士們的，時常
他左邊那粒嚐起來像金屬，彷彿
童年時我舔我哥哥的ＢＢ槍

*

不要終止
　　那些我所愛者。
我盡力，——但。

*

可樂娜啤酒最上面那片唇
和他的
大小相似——

*

在你領會到地獄
之花是慾望，幾乎是，之後，啊
你仍有慾望——

*

——所以今夜月亮
粉紅色升起
如同那些曾被深深思念的

河流之歌

驚慌的對角線
它們循河流之法鴨頭式的呼吸

你偏愛
葉子長出前的公園
再晚一點水邊蕨葉們就來不及
把渡鴉的毛髮解開
月亮有兩個生日
你是尾燈們的專屬侍者

白日絕美閉幕式的目擊者
黃昏時分你致歉
繽紛的色彩原諒你因為它們變幻莫測

樂隊練習

——我讓她下車，她把吉他箱放在頭上
讓它保持平衡，有一隻那種異乎尋常的綠
　　瓢蟲在前座；我說：
不管怎樣都要打電話給我，即使心情不錯——

砂糖

我幾乎記不得任何童年的聲音。
其次，將它們遺漏了……
貧民區的小男孩們跑來公寓要糖。
她說著我後來丟失了的光滑的語言把糖給他們：
一錫杯一錫杯的量，注入他們生活與生命中。
　　（多盲目的糖啊，往前傳又傳，
無助地滾進一個個

小身體裡）

每個人得先做些犧牲，為了讓他們不必
　開口請求。

我們所有的祖先，某種程度，都站在蔗田裡。

後來——在我隨後的人生——時間就像溫暖的糖，
　某種與請求相關的近乎虛構之物。

在早期哪一環節把獨特的東西藏起來？

那些男孩如今都死了；他們小孩的小孩們現在
　也許是流竄街上的小偷幫……

當我是小孩時
模糊地　嚮往更好
我不同意「需要」這個概念——

母親的語言

也許你曾短暫居住於一為你放棄的語言裡
或者找理由結合眾光亮像一張描繪以蝶翼
　構成的巴西村莊的畫；
為什麼小孩們仍被視為未完成？
你的手指曾如此光滑
　因為你的指紋早已被偷走！
直到現在，
照相前或照相後，以為句子會治癒你，

你筆直地站著，慢條斯理說話。

如今你已能流利地和她交談！

如果那些她以為她放棄了的東西其實並沒有在

被棄之列，一種極渴望的甜美在焉——

給麻雀的組曲

我們埋葬這些歐洲麻雀，
用順手拾得的器具，
它們的胸輕如一盎司的茶葉
在那裡我們曾看它們離開小徑，
它們靦腆與鋸齒狀翅膀的雙重速度
在運河邊當鋪附近，
在反抗者四周尋常的範圍裡，
或者在高貴的飛燕草與亞麻所在的市集，
以未標記的速率從遮篷上飛起
到我們的桌子啄拾麵包屑，半旋
回外面樓梯上格子形圖案的譜號，
許久之後我們才會從樓梯走下；

在反抗者周圍雨水濕淋的地區
那兒街道接二連三被占，
那兒意念是一級階梯或一條小徑，
我們用山胡桃樹或栗樹或白蠟樹鋸齒狀的
枝條，標誌出他們的領地，
因為我們被高貴灰白籠罩的城市
不該有未標記的墳墓。
抒情之作，拱形的飛翔，死亡之橋——
有型的生命與之神似：
它們彷彿來自一幅畫的
邊緣，它們尋常的心把我們的
小沙漏半旋到螢光幕上。

楔形的晨歌

一
隻黑
鶇隨你
到一城又
一城，邊飛
變換名字（osle，
merula）；黎明時發
出第一聲樂音（Amsel）
當它把字母丟下，漂流於你
父親之河（lon dubh，lon dodh）
或飄進你母親細小細小的雨滴群裡
（melro，merle noir），在森林或野地上
（melro，karatavuk，κότσυφας），那兒小黃
蟲在星光下靜靜地進食。它出了名的眼睛四周
有一環（kostrast），焦躁不安又有點害羞，在夜裡
不時鳴囀（musträstas，zozo），它飛到神被稱為決定者
但仍然與眾生相應的許多地方。所以，當另外一個名字在
你的心頭迸開（komunsae，검은새，mirlo，кос，kos）——
或者在黎明水綠色的坩堝裡——當音節與鳥（merel，svarttrost）
互相渴慕對方一同描繪萬物，把戀愛的男女拉到光中（mustarastas，
solsort），把意義拉張到既稠密又獨特，如各式各樣的食物或者歌曲，
如自求多福的生活（juodasis stazdas，чёрный дрозд，chernyi drozd，Al-
Ta'er，الشحرور，A-Sh'hroor，שחרור，Sha-ch-rur）如拂曉後歌中寬廣的空間

RHOPALIC AUBADE

And
a black-
bird follows
you from city
to city, changing
names as it flies (osle,
merula); it sheds its first
music at daybreak (Amsel) as
it drops letters that will float in a
river of your father (lon dubh, lon dobh)
or into the slight raindrops of your mother
(melro, merle noir), onto a forest or desert floor
(merlo, karatavuk, κότσνφας) where the ochre
worm feeds quietly in starlight. With a ring around its
famous eye (kostrast), restless and a little shy between trills
at night (musträsas, zozo), it flies to places where gods are called
Disposers and yet are commensurate with life. So when another
name springs open in your heart (komunsae, 검은새, mirlo, кос, kos)
—or in the aqua crucible of dawn—syllable and bird (merel, svarttrost)
long for each other in the description, dragging lovers to light (mustarastas,
solsort), dragging meanings as dense and particular as food or as pieces of songs,
as existence that hopes for itself (juodasis stazdas, черный дрозд, chernyi drozd, Al-
Ta'er, رورحشلا, A-Sho'hroor, רורחתש, Sha-ch-rur) as spaces in songs after morning—

國際換日線

一串連字號存在於海裡

你瞇著眼望見它在X哩深的下方

你在雜誌和悠游其下的
無眼魚體裡見過它

你為朋友們預留了完美的一天
他們將如何利用這完美預留的一天
觀賞黃山的雲

被演講廳的夜色感動

一串紅色的連字號存在於海裡
於魚鱗於落後的時辰裡

你預見你的生活
你的朋友們預見他們的生活

才剛被一側的日出感動
另一側一輪明月旋又觸動你

在藍或當地特有之藍的永恆時光裡

他們任你去你任他們如常

你帶走他們
他們留下你

雪上陰影

當陰影從身體抽離，
　它們偕雲朵奏出和弦，
　　空靈無聲。

到最後，一切無過。
今夜紅色光暈環繞月亮，
像一個受傷男孩
跟隨一位已婚婦人；

你行色匆匆，厭倦了行旅，

而你從未戒除其需求的那

濃濃的美

就在你身旁，

一如蘭花保有其專屬冬日的

黑色斑紋——

出神

一個漂亮的無政府主義者對我說
並非偉大的愛恰好出現了
而是發生過的事成就了你偉大的愛

她的回音帶著一種古老的光芒如是
讓我小小的航行器有欲飛上揚之感

我訣別這世界又別覺一個世界

忙著將粉末填進其手套的蜜蜂
想從海裡得到一個東西的信天翁

沒有什麼能弄翻我們的小船她說
而當水覺察到冰河
未來以現在式之姿展現
現在懷抱著一個無止盡的未來

太平洋風暴

某日擔憂難度，
隔天又見希望；希望
轉向；擔憂又回，接著
也消散了。有時
在加州，聽到這樣
的話：「風暴之門
已開」，或者「風暴
已成形，直逼
太平洋」，你
感受到一種愉悅的磨擦，
在消沉與眼前
之美間；葡萄牙語所謂的 saudade，

想望——英語裡找不到對應詞。
群鴉飛過海岸
橡樹，飛過野生燕麥田裡
披著地衣面紗的
月桂樹苗。月亮在
愛爾蘭戈特，居爾特人
也許會說。常春藤死而
仍纏。你直往前開，
想起一個已
原諒你的友人；
葡萄園一片金黃，鉛筆
那種金黃。

沙加緬度三角洲

我的無政府主義者說話當我開車
（我很累但她興致高昂——）
沿沖積平原高壓線鐵塔，鄰近
濕地，地下電纜管道與下水道，在
紫水晶色的早晨，清朗經過被流放的
海鷗，面紗般的油，烏黑的舞者
與水流，有時讓人覺得真是夠了。
我們必須做些事，但做什麼呢，
她問。野雞紛紛飛進去水道裡，
原野冒泡，加寬，變闊。未知的
未來自己包裹好自己，等候如
一隻幼蟲，栩栩如生且清醒——

小潮

我們讓我們的生命見識鋼鐵的春天
這裡是隨無情的吶喊
而來的一些體悟

那是過了自殺季後
節慶與宣洩的季節

夜復一夜，相同的
怨嘆像一道無知的浪
無助地，重複地翻來覆去

每個黎明，前燈的光照過水面
與星星一同溶解於海灣紫色細流裡

對不可及的標誌之體悟

對即便在夢中也無法跨越的距離之體悟

對意義如新娘一夜變貌之體悟

「所視」變成「往事」
潮水被水潮沖回來又成潮水

收回去，我們大喊
倒一杯躊躇
敬此世美麗的洞察者

如同在戲中
他們向大地獻酒
雖然此舉確實從非必要

而所有體悟回歸紫色的海
而慈悲的愛在我們這方

致收穫後的火之精靈

在大地
與其名詞間，我感覺到火……
——小小的「我」（i）是什麼意思，夫人？
——其意為（容我引用）：腦
　中的母音之一
　　以及一些的你——；

我們對人類無法知曉的那類
事物感興趣，
對動物們所思所想感興趣
——一隻兔子或一隻小蜥蜴（西部石龍子）！

當秋帶來一種文法，
黃蜂們旋繞著乾枯的花梗，
你可以全然
看透那些琥珀色腳踝，耀眼地
懸盪於我們文學之主
太陽底下——

在正午與其名詞間，
有突起的
金黃的神祕紋路在南瓜上……淺藍的
葫蘆——在田野裡……
（它們白色的眼睛在裡面
一字排開）——等一下。請
不要將門釘死。 空氣怡人，
如維若妮卡的面紗般不存在——……

大地啊，別作弄你的弄臣，
你的小丑使者。請帶給我們
氧與性的小精靈，一隻如字母X般
橫著奔跑的狐狸，穿過眼前正午——

正午時此世的文法

永生者們在田野等候。

以及月桂樹下的蠑螈（三個頭
　在互相辯論的
一條龍——）
奮起的薊，翅膀上
　自動產生分號的
琉璃灰蝶——（它會躲在
高樂氏漂白劑般的
雲朵下——就是那樣！有的標點符號
很敏感，不喜歡拋頭
露面——）

張著短而禿
白牙的小田鼠：
面帶微笑，咭咭咭！ 像
靈知派的耶穌，它逗號逗號逗號般的
爪。子句——無動詞的蚊卵
日光……
工人，夢想家：
你的靈魂已和
伯爵夫人們同眠如此久
他的兩手聞起來還是像錢一樣！
他自言自語：
我主太陽，已將他
性的影子投在我身…… （哎呀！
它到哪去了？）

——它剛掉落到某個東西後面。
（什麼東西掉落？）
——所有你丟失之物。

在冬至，一個黃色斷片

我們的文學之主
　造訪我愛人，
他們已往下走，
他們已迷路
在死者的
碑石間——；

preeeee——陰暗的能量——松樹上的
　林鼠，長著軟毛
而且纖細，
　一種音節間的折騰，阻止
因寒冷而致的冬日的滴落，寒冷

奇蹟夜（一隻狐狸，
　　深藏於杏黃菇黃色
　拇指下的洞穴中，
（不：黃金。金拇指，高盛金融集團
　沒有納稅……（羊欄裡的
小山羊，不責怪上帝，
不責怪他們——

（別名：扁帽龜〔石斑龜〕
　　埋下之蛋
　別名：感謝致電白宮
　　意見反映專線）））
因為你生命耐力十足
源自與教士共處的童年，

並且在深夜，
超越人類之境，一個叫聲
紓解了自然界的密度——

註：高盛金融集團（Goldman Sachs Group）：美國紐約華爾街最著名的投資銀行。Goldman為姓氏，中文直譯為「金人」。

在無人機群下方的高地沙漠

我們是西部人，可以在太陽底下站好幾個小時。我們在空軍基地附近讀詩。詩無意義嗎？其意義或許搖曳不定，如火光。士兵聽不見。無人機飛過我們頭頂，拍攝我們的標誌；它們像大黃蜂 [*Vespula*]，將晃盪的腳浸入富含生之穀粒的薔薇圈圈。它們拍攝山丘的陰影，山丘上土狼的眼裡閃爍著星光。它們打造雲朵，用白色書寫，纖毛，針織，靈魂織物，無神經的脊椎，西部的假牙，火山實驗，幾何天氣呼吸，和鹽。進入基地的年輕飛行員自本田機車上張望；他們很幸運，能在這樣的經濟結構下找到工作。這首詩的字母們也很幸運，能各司其職，因為它們是昆蟲，癮君子，和竊賊。火山玄武岩回想起它的搖滾／岩石巨星父親。雜酚油和賢明、粗短的灰褐色葉子迎接雨水。我們高舉標誌，各司其職。卡車為才剛開始施工的起降跑道載來混凝土。

在冬日　一座懸崖　鮮明在目

兩隻　烏鴉　自眼睛　空投火焰

我的內在生活並不很宅，還保有沙漠植物的維管束系統。我要感激薩繆爾·貝克特，還有我高中時期的男友——他的酒鬼父親大吼大叫，當我們在「越共春節攻勢」期間關起房門閱讀小說《無以名之者》之時。他們讓我有所準備。在基地外，我們看到遠方的硼砂礦——肉色，褐色，黑色，桃色，粉紅色，黃銅色。靈知派教徒曾說：往返星球間是困難的，你得記住那些祕密的名字，而無以名之者出沒於你例行程序中的每一處。這些名字會變得沉重，當你帶著它們行進於星球之間。

兩首夏日的晨歌，仿克萊爾

1 紅眼雀叫醒一人

pp cp cp cp chp chp

pppppppppp
cppppcpp cpp cpp

（一婦人被浪拋來拋去）
墨西哥灣漏油意外事件　音心　人牛
黑土　黑油　夕　人西
ppp cp cp p　bp bp BP BP
碎石碎裂撕裂之 鳴響　我們
我們　我們　不需要
虛虛虛虛要如此快速進展

2 穿紅衫的女子對蜂鳥

呵呵呵　吾　口口口口口可
非　可口可口可口可　口　呵
可人兒　吾可非
可口且咀之舌甘之物

（給JS）

譯註：約翰・克萊爾（John Clare, 1793-1864），英國詩人，出身農家，生活貧困，詩作主要描寫自然景色和農村風光，觀察細膩銳敏，情感動人。「墨西哥灣漏油意外事件」，二〇一〇年四月二十日發生於墨西哥灣的油污外漏事件；英國石油公司（BP: British Petroleum）外海鑽油平台故障並爆炸，導致十一人死亡，十七人受傷，每日約有一萬兩千到十萬桶原油漏到墨西哥灣。

TWO SUMMER AUBADES, AFTER JOHN CLARE

*1. towhee [*Pipilo crissalis*] wakes a human*

pp   cp cp cp chp chp

pppppppppppp
cppppcpp cpp   cpp

(a woman tosses)
  Gulf disaster   ster sister
    aster   aster   as   asp
ppp cp cp p   bp bp BP BP
  scree sreeeeem   we

we we didn't
neee neeed to move so fast

2. woman in red sweater to hummingbird

ssssssss   we   sssssss weee
no i'm not not   sweeet   not
sweeeeetie i'm not
  something to eeeeeeat

FOR JS

給愛已逝之人

　狂喜出現一道
裂痕；它以無焰之火
撕裂橡樹。
一隻猛禽將完好的骨頭留在
裂開的樹裡（是脊椎嗎？
　老鼠的？）而後飛離
　　尋求隱密的庇護……

有些人說「跨
　越」它，你卻在那兒，
繞著它轉。斜陽
　照入。帶它前來吧，
讀骨之人，把盛宴帶來吧。

在靈魂和流星之間

祖先們在梧桐樹上翻轉，
葉子像彎弓狀的松鼠。
檸檬樹也許會凍僵。
「看書」看到打瞌睡之類的，
作家如今只是神靈的粉末。
往上好幾英里，火花迤邐於
流星之間；往下好幾英里，
人畜們吃摻雜著火的岩石——

有人為你祈禱
即使你不喜歡。我們的自戕
沉睡於一個詞的腦裡。

我們希望我們的母親
沒受過折磨。月光
在密花石櫟顫慄處蛇行。
我們希望我們的父親
沒受過折磨，或者那三隻貓，
身上綴滿點點西方的曙光——

小寶寶睡在他身邊，
他做夢的臉轉向樹林；
狐狸帶著彩色的嘴入睡；
而你頭裡的O，那毀損的母音，
在那兒皮膚上升與傷口遇合，
那會招來什麼？
——我不知道，我不知道
（因為它得活下去）但

基本上似乎有點像
　一種拼合：一切
意指比一切多些
　就只是這個意思——

在加油站的呻吟行動

「……在悲慘的世界，所有的呻吟都有自以為是音樂的傾向。」——妮蔻兒．羅拉絲

不久之後將需要在灌注汽油時到戶外展開呻吟之舉……。S那個大寫字母是一種汽油噴嘴。朝上拉高，開始輕聲呻吟的行動，把夾雜了響徹全身的爆裂聲，自海與地的裂縫冒出之原油的深沉呻吟和聲，把穿過神經系統的裂隙送出的神經傳送素，穀氨酸鹽和乙琉膽素等物質，拉進喉頭，直到聲音自動運作為止。我們如是撕碎歌曲以繼續進行。深意黎明呻吟哀鳴。在加滿半個油箱的時候，我已完成三十四次呻吟。從前城邦明令公然哀號為非法行為，因為對民主無益，然而就算你驅趕一個雜種，也會覺得侷促不安啊。請感到侷促不安，求求你。

在加油站內，你可以聽見一種鳥叫聲，被尖叫聲蓋過的鵜鶘，它被拖出波斯灣，連同裝在不滲漏塑膠器中的四百萬噸二手轟隆聲，裝在不滲漏塑膠器中的

一千三百萬噸液體，上行5哩路——順便一提，他們的S有個漏洞——當你低頭探向汽車車蓋時，呻吟狂熱分子蜂擁而出；敬請呻吟，即便其他駕駛者陸續展開行動。嘎吱嘎吱，加油站裡還有別的動物，大型海牛——學名：西印度海牛——你看到牠在草叢間漂浮，像裹著什麼東西的地毯，一去不回頭。噫噫噫噢噢噢唉唉噫噫噢噢噢噢噢嗚嗚嗚嗚嗚，這樣的呻吟不會是同樣的哺乳類動物，而是不含誤謬知識的民主，推至圖畫框邊的聲音，漂向鹽沼之岸的團狀油。播報員說油團「看起來像花生醬」，用語刻意親切，好讓我們對他們釋出善意。打從三次大戰前，此呻吟和其他眾呻吟會合，而你問要如何擺脫此病……這好比吉爾伽美什和恩奇都，大衛和押沙龍，好比伊西絲和奧西里斯，好比以實瑪利和歷史，好比赫古芭和她的子女，不會開車的卡珊德拉，好比聖母瑪麗亞，好比差點就無法安葬遺體的安蒂岡妮，或許你不你不必或許你不必去擺脫它——

譯註：吉爾伽美什和恩奇都（Gilgamesh & Enkidu），美索不達米亞文學作品裡的人物。大衛和押沙龍（David & Absalom），聖經中的人物。伊西絲（Isis），古埃及智慧女神，為冥府之神奧西里斯（Osiris）之妻。以實瑪利（Ishmael），聖經中的人物。赫古芭（Hecuba），荷馬

史詩《伊里亞德》中的特洛伊王后。卡珊德拉（Cassandra），荷馬史詩裡的女預言家。安蒂岡妮（Antigone），希臘神話人物，希臘劇作家莎孚克利斯曾以她為主角寫作劇本。

見到你之前那個小時

當我們分開，即使只一小時，
你便成為佇立於大道的街景，
進退維谷，霓虹燈下，
　拿著那巨大的
有關首善之城的紅皮書——；

　下一個小時你會是什麼樣子，
　——忙亂地走過
人行道上路燈投下的
乳黃色硬幣來到你車上，經過
　映照於窗上的燭光，當
礦石般的鳴笛聲消逝於不

歸路，——　　驅車返家經過
　春臨之前燦亂的梅花
一如你的思緒……

　　這些樹趕忙將葉子染成鐵鏽色，
各個都是能量充沛的時間環節——
　它們無法容忍不精確。
廣場上抗爭的消息——在彼方——
而此地，妒忌者們已到咖啡館
高談闊論將事情淡化——
　親愛的，文學之火正熊熊燃燒，
我們要將之具體化——；
　你已開車經過這些房間
一萬次去做報告；
做報告；

千萬別忘了你當時的感受——

譯註：希爾曼告訴譯者詩中「有關首善之城的紅皮書」是托爾斯泰寫莫斯科的《戰爭與和平》。

在它完事前

意義何在，老人問。
　夜班的護士已幫他穿上
　　皺眉蹙額的小襪子；他躺在
他的維生床上，暮色中抓著
彗星的尾巴。醫院
　外，木餾油的味道；
棕曲嘴鵪鶉多麼善於打包。
因石英而狂野不羈的
　花崗岩，自山脈的鞍中
掙脫而起（我用藥廠送的
　原子筆寫這些，
科學與魔法的連結）……

當所有訪客
離開房間，
父親心臟裡跳動的豬心的
小瓣膜，像古埃及
日輪的輪輻，象形文字般——
在彎彎曲曲象徵河流的符號之上，
如同意義與其支流，
虛無與藝術……活動中的你啊，
豬不是你的密使。
不是你要的裝飾品；
它的美運行，不問你願。
它驅動神祕的心臟。

漫長而辛苦的一天之後

夜裡你與你所鍾愛者
談天。帶點現代主義的調調：
顏色透視你，思索一條溫暖的
小徑，由你的感受而生的
一絲意義。然後，你是雙重的：
貓頭鷹，倉鴞，在你睡夢中
大聲叫喊——嘶嗑力，嘶嗑——心形的臉
發出鬆散的名詞……在它的草皮下，
聰明的老鼠翻身；凶猛的死者
與新生者合而為一，
在先前他們清空你尋覓之物處——

你將以何留名?有些人
吐露了怨言。你在走廊與他們
　擦身而過,他們的新髮型。
　老闆們以新戰爭留名。
留下來的鮭魚匆忙逆流而上——
海灣裡冷冷的水路。朱頂雀,以前端的
　玫瑰色之火——(是朱頂雀還是鳴雀?
玫瑰這個詞以「玉」為其翼);
月亮休憩於分鐘的
　斗篷裡,它的邊界在
　群樹背後。邊界
　　以其空無留名——;
你將以你的夢留名。

論莫名的感覺之奇效

他們掙扎，於日落
和月升之時，他們掙扎，於日出之時——
後來不掙扎了。能冷靜
是再好不過了，那是個冠冕。在他們
頭頂上方，銀河系星群迴旋，烈火
熾熱，連太陽也無法與之和睦相處；
然後，拋開這一切……

他們把熱情和疲憊帶到了
婚禮。名單已擬定——
抽象思維與現實考量，細節一再重複
一如機場地毯。有時候熱情

讓他們得以撐下去，或者對某些問題的
興趣。有時候在夜裡
他們會描述這莫名的感覺。
國家讚揚和平，但有奇效的
是糧食——不僅僅供給人類，
也供給貓頭鷹，老鼠。而現在

他們站立，如一座燈塔
屹立花崗岩上，塔頂罩著雲朵；
真讓人受不了，每每
太陽下山，而次日
又是一艘熾烈的數字之船。
他們的愛情時而微不足道，時而
幾近生命全部。已命名
和莫名的夢和他們同在那裡——

在工作時模仿一隻松鼠

當我工作的節奏有點
太快，腦子的某個部位喊道 靜下來！
我的耳際傳來屋外樹上的叫聲：
斑顆兒—斑顆兒—斑顆兒 斑顆兒 斑顆兒 斑顆兒
呃 呃 呃——你打算跟松鼠講那？冷靜
下來並且力求雀躍……
力求雀—雀。力求雀—
力求雀雀雀雀。力求啊
力求雀 雀 雀愉—力求雀雀雀愉悅。
力求啊啊啊啊，力求雀雀雀雀。你
要在腦袋瓜裡齋戒一回
直到松果成形

而龍捲風將之打落
　松鼠講那？你打算
　　講呃呃呃呃呃——喔喔喔
當牠堅—堅—堅果般挺
　　立如拿破崙，爪抓
爪 哇 挖 哇，力求雀
力求雀雀雀雀
　　力求冷靜而且雀雀雀雀躍，
喔 喔 一切都可愛灰白迅捷還帶著渴望的色澤——

IMITATING A SQUIRREL AT MY JOB

When i get a little speedy
at work & part of the brain says *Calm down!*
i hear near our ear, in the outside tree:
speckle-speckle-speckle speckle speckle
uh uh uh—you gonna tell a squirrel that? calm
down & try to be cheerful . . .
Try to be ch-ch. Try-to-be-ch-
Trytobechchchchch. Try to be-e-e.
Trytobech ch chrfl-trytobechchchrrrrfl.
trytobeeeee, tobechchchch. You
gonna tell a fast in the skull
till it shapes the cone
& tornado drops it
squirrel that? You gonna
tell the uhuhuhuhuh—aw aw aw
when it nut-nut-nut up
stands like Napoleon, paw paw
paw ahw awh ahw, try to be ch
try to be chchchch
try to be calm & chchchcheerful,
aw aw all cute gray fast & craving-colored—

詩的實驗在戶外進行

（一篇談論如何挑選新相機的文章）

幾位朋友和我去了一個關於戰爭與錢的討論會。討論會中他們說假話，所以我們大聲咆哮，他們隨後把我們逐出去。他們的公關追趕我們，用她的拳頭打D，拿我的相機砸我的頭。我們站在外面等著解決此事。一個西裝筆挺的男子走出來到人行道上。他有水汪汪的藍眼睛。我說，我不會提告，如果你們的基金會為你們的粗暴致歉，並賠償我相機的錢。他說，我們不會把你們交給檢察總長，如果你們離開這場所。我說，這是公共人行道而且現在已沒有檢察總長（岡薩雷斯幾個星期前已經辭職了）。那人說，你們這些人不擇手段，危害國家。我說，你們這些人搞企業戰爭，危害世界。他說，我是經歷兩次大戰的老兵。我忘了怎麼會提到耶穌。我說，耶穌反對殺人。那人說，上帝知道有些戰爭是必要

的。我說，我沒有說上帝，我說耶穌。國會山莊的警察們和D在爭吵，她不願說出她的名字。D冷靜，高大，如自由女神像，我則是一個矮矮的愛爾蘭急性子。那人和我都忍無可忍，到達了我們的極限。現在該是讓我們領識彼此人性一面的時候了，但我們兩個都覺得對方會毀了世界。此際，詩正可派上用場。詩超越極限。它在現實與現實間生出額外的有益的神經。一條條線從那人的花呢西服上衣飄出，交織成一面不屬任何國家的粉紅色國旗。祖先們如穗帶般環繞著國會山莊，包括金斯堡和布萊克。他們在全市各處升起小火。援軍就在不遠處。D和我還沒看見占領行動，但我們覺得一定會有未來。明天我們將回到我們的工作崗位。烏鴉正在寫沒人讀得懂的詩，嗷，嗷，嗷，嗷。我把那人想做是一個小孩，他滿懷細小的奢望，在家裡忙著把玩具卡車推過蟻丘。蹦，他說，沒有任何傷亡。他有過快樂時光。現在，在人行道上，他想殺死我們。我們如果讓他持續耗在我們身上，時間越長，我們就浪費他越多的錢。他遞給我279元現金。運用你的想像力，我媽以前常說，意思是，你不必運用，你已在其中。

譯註：金斯堡（Allen Ginsberg, 1926-1997），美國詩人。布萊克（William Blake, 1757-1827），英國詩人。

辦公室的安靜午後

當工作壓得你喘不過氣
而房間成為意識的原野，
　　先造出紫色的邊緣
然後是剛發生之事
　　　　構成的被刺穿的螺旋，
你試著回想事情，當你像
一隻紅色蜜蜂蹣跚行過日常的枝椏。
　　經濟令人如此憤怒
　在太多的不足之後——
人們在街頭搭帳篷，
　　　最後的果實在你眼前的
樹枝不支而退，當你屏住

將盡的一口氣工作。

既然危機沒有地點
　　遂體認到某種生氣勃勃的組合
他們已然將情感置入其中：
　　疲憊與理論，飛簷與杯子，
椅子上你脊椎的環節……
他們會怎麼做，怎麼做，怎麼做
　　當勞工反叛，但不是很快？
費多少工夫將之黏合啊——
一個根本的希望注入：廣場上的
　　　　反抗，瘦烏鴉們，
　　肥資本，灰燼，名單，
你採集多時的火，為此——

（給MM）

辦公室的安靜午後II

——和艾芙琳‧賴莉

當工作壓得你喘不過氣　而房間成為
意識的原野，　先造出紫色的邊緣 然後
是剛發生之事構成的　被刺穿的螺旋，你試著
回想事情，當你像一隻紅色蜜蜂蹣跚行過
日常的枝椏。 經濟令人如此憤怒　在太多的
不足之後——　人們在街頭搭帳篷，
　最後的果實在你眼前的樹枝不支而退，當你屏住
　　將盡的一口氣在工作。既然危機沒有
地點　　遂體認到某種生氣勃勃的組合　他們
已然將情感投入其中：　疲憊與理論，飛簷與杯子，

椅子上你脊椎的環節……　他們會怎麼做，怎麼
做，怎麼做　當勞工反叛，但不是很快？費多少
工夫將之黏合啊——　一個根本的希望注入：廣場
上的反抗，瘦烏鴉們，　肥資本，灰燼，名單，
你採集多時的火，為此——

探索之夜

在一日之後，浩瀚夜色——
　人究為何物？現在問
已太遲了。法院認定
　一個法人是一個人。
人曾被稱為萬物之靈。
　大街上，一個幸運的人
站在便利商店裡
　從手上的票券刮下粉末——
銀色的微粒從他的拇指掉落
　到下面的銀河系。

在深夜

一個混亂之槽成形；
你愛人的身體屢次阻斷它。
這一季的流星飛越過鯉科小魚群，
它們在有兩種螯蝦的小溪裡，
小小的嘴和爪
——緊張不安，完美，完美的
生命——面壁的
做夢者的身軀——

在你正閱讀的每個字周圍
不可知的火焰舞旋著。
當你醒來，一個世界的
文體顫顫然
拔夢而出。你出去時，
它沒停止；

你回來時，它也沒停止
因為你注定要如此——

構成：穗邊地衣：鼻音化符號與 Mãe

一如從童年時候的夏天，我就為岩石找到生活中與之對應的佳例；

這次是 Flavopuntilia soredic，穗邊地衣，有著像波浪形鼻音化符號的邊邊；

延伸出一種其他生命可聽見的聲音，

不存成就任何事物之望，為地衣提供標點符號，為彼時非常緘默的我的母親

讓它在無邊天界中被聽到並且不被聽到，至少，腦筋想像它在那裡，確實動

著，在一個無害的架構內，一如從我童年時候，花崗岩就以有別於吾人的話

語發聲，

我說 mãe（媽）

以十列波浪形鼻音化符號（每行十二個）以及兩列葡萄牙語的 mãe，
我以伸出一根手指代表唸出這些波浪形鼻音化符號，我唸出兩行「mãe」字，
朝圖森那地方輕拍，她住在那裡，非常安靜地過她自設的日子……

~ ~ ~ ~ ~ ~ ~ ~ ~ ~ ~ ~
~ ~ ~ ~ ~ ~ ~ ~ ~ ~ ~ ~
~ ~ ~ ~ ~ ~ ~ ~ ~ ~ ~ ~
~ ~ ~ ~ ~ ~ ~ ~ ~ ~ ~ ~
~ ~ ~ ~ ~ ~ ~ ~ ~ ~ ~ ~
~ ~ ~ ~ ~ ~ ~ ~ ~ ~ ~ ~
~ ~ ~ ~ ~ ~ ~ ~ ~ ~ ~ ~
~ ~ ~ ~ ~ ~ ~ ~ ~ ~ ~ ~
~ ~ ~ ~ ~ ~ ~ ~ ~ ~ ~ ~
~ ~ ~ ~ ~ ~ ~ ~ ~ ~ ~ ~
mãe mãe mãe mãe mãe mãe
mãe mãe mãe mãe mãe mãe

譯註：圖森（Tucson），美國亞利桑那州一城市，布蘭達・希爾曼出生地。

附錄：譯詩原文標題

羅伯特．哈斯詩作

秋天（Fall）

黏著劑：給珥琳（Adhesive: For Earlene）

關於來世，加州中部印第安人只有最模糊的概念（Concerning the Afterlife, the Indians of Central California Had Only the Dimmest Notions）

十九世紀之歌（The Nineteenth Century as a Song）

方寸（Measure）

房子（House）

拉古尼塔斯沉思（Meditation at Lagunitas）

黃色腳踏車（The Yellow Bicycle）

形象（The Image）

致一讀者（To a Reader）

替花命名的小孩（Child Naming Flowers）

和一位長期讀拉岡的朋友一起採黑莓（Picking Blackberries with a Friend Who Has Been Reading Jacques Lacan）

九月初（The Beginning of September）

身體的故事（A Story About the Body）

奧利馬的蘋果樹（The Apple Trees at Olema）

苦難與輝煌（Misery and Splendor）

插枝（Cuttings）

蜻蜓交尾（Dragonflies Mating）

十四行詩（Sonnet）

微弱的音樂（Faint Music）

不惑之年（Forty Something）

愛荷華，一月（Iowa, January）

仿特拉克爾（After Trakl）

嫉羨別人的詩（Envy of Other People's Poems）

柔軟的桃金孃花環（A Supple Wreath of Myrtle）

仿歌德（After Goethe）

三首夏日的黎明之歌（Three Dawn Songs in Summer）

幸福的分配（The Distribution of Happiness）

描述顏色之難（The Problem of Describing Color）

描述樹木之難（The Problem of Describing Trees）

雙海豚（Twin Dolphins）

那音樂（That Music）

九月，因弗內斯（September, Inverness）

七月筆記本：鳥兒們（July Notebook: The Birds）

睡眠像下行電梯（Sleep like the down elevator's）

在我前面有六名非洲男子，各個高大（In front of me six African men, each of them tall）

它們被打造得有如驚嘆號，啄木鳥們。（They are built like exclamation points, woodpeckers.）

你在那裡嗎？夏天到了。你有沒有沾到櫻桃的汁液？（Are you there? It’s summer. Are you smeared with the juice of cherries?）

仿柯勒律治兼致米沃什：七月下旬（After Coleridge and for Miłosz: Late July）

給C. R.：你說你一無所有，什麼意思？（For C.R.: What do you mean you have nothing?）

六月的傍晚，霧飄移進來（Late afternoons in June the fog rides in）

往百潭寺的巴士（The Bus to Baekdam Temple）

布蘭達．希爾曼詩作

晨歌（Aubade）

三首梨形小品（Trois Morceaux en Forme de Poire）

黑暗的存在（Dark Existence）

花現（Blossoms Appearing）

老鼠（The Rat）
幾種差事（Several Errands）
毛髮（The Hair）
收費員（Toll Collector）
幾乎陰影（Almost Shadow）
明亮的存在（Bright Existence）
男性的乳頭（Male Nipples）
河流之歌（River Song）
樂隊練習（Band Practice）
砂糖（Loose Sugar）
母親的語言（Mother's Language）
給麻雀的組曲（Partita for Sparrows）
楔形的晨歌（Rhopalic Aubade）
國際換日線（International Dateline）

雪上陰影（Shadow in Snow）

出神（In the Trance）

太平洋風暴（Pacific Storms）

沙加緬度三角洲（Sacramento Delta）

小潮（Neap Tide）

致收穫後的火之精靈（To Spirits of Fire After Harvest）

正午時此世的文法（Grammar of This Life at Noon）

在冬至，一個黃色斷片（At the Solstice, a Yellow Fragment）

在無人機群下方的高地沙漠（In High Desert Under the Drones）

兩首夏日的晨歌，仿克萊爾（Two Summer Aubades, After John Clare）

給愛已逝之人（For One Whose Love Has Gone）

在靈魂和流星之間（Between the Souls & the Meteors）

在加油站的呻吟行動（Moaning Action at the Gas Pump）

見到你之前那個小時（The Hour Until We See You）

在它完事前（Till It Finishes What It Does）

漫長而辛苦的一天之後（After a Very Long Difficult Day）

論莫名的感覺之奇效（On the Miracle of Nameless Feeling）

在工作時模仿一隻松鼠（Imitating a Squirrel at My Job）

詩的實驗在戶外進行（Experiments with Poetry Are Taken Outdoors）

辦公室的安靜午後（A Quiet Afternoon at the Office）

辦公室的安靜午後 II（A Quiet Afternoon at the Office II）

探索之夜（In the Evening of the Search）

構成：穗邊地衣：鼻音化符號與Mãe（Composition: Fringe Lichen: Tilde & Mãe）

文學叢書 476

當代美國詩雙璧
羅伯特・哈斯／布蘭達・希爾曼詩選

作　　者　陳黎・張芬齡　譯
總 編 輯　初安民
責任編輯　黃子庭
美術編輯　陳淑美
校　　對　陳　黎　黃子庭

發 行 人　張書銘
出　　版　INK 印刻文學生活雜誌出版有限公司
新北市中和區建一路249號8樓
電話：02-22281626
傳真：02-22281598
e-mail:ink.book@msa.hinet.net
網　　址　舒讀網 http://www.sudu.cc

法律顧問　巨鼎博達法律事務所
施竣中律師
總 代 理　成陽出版股份有限公司
電話：03-3589000（代表號）
傳真：03-3556521
郵政劃撥　19000691 成陽出版股份有限公司
印　　刷　海王印刷事業股份有限公司

港澳總經銷　泛華發行代理有限公司
地　　址　香港新界將軍澳工業邨駿昌街7號2樓
電　　話　852-2798-2220
傳　　真　852-2796-5471
網　　址　www.gccd.com.hk

出版日期　2016 年 2 月 初版
ISBN　978-986-387-079-1

定　　價　300元

國家圖書館出版品預行編目(CIP)資料

當代美國詩雙璧
羅伯特・哈斯／布蘭達・希爾曼詩選／陳黎，
張芬齡譯. --初版.--新北市：
INK印刻文學, 2016. 02
272面；14.8×21公分.--（文學叢書；476）
ISBN 978-986-387-079-1（平裝）

874.51　　104027252